BBULMEDIA

멋진 라이프

1판 1쇄 찍음 2017년 7월 5일
1판 1쇄 펴냄 2017년 7월 20일

지은이 | 진 솔
펴낸이 | 정 필
펴낸곳 | 도서출판 **뿔미디어**

편집장 | 문정흠
기획 · 편집 | 선우은지

출판등록 | 2002년 9월 11일 (제1081-1-132호)
주소 | 경기도 부천시 원미구 소향로 17번길(두성프라자) 303호 (우) 14544
전화 | 032)651-6513 / 팩스 032)651-6094
E-mail | bbulmedia@hanmail.net
비북스 | http://www.b-books.co.kr

값 8,000원

ISBN 979-11-315-7915-2 04810
ISBN 979-11-315-7296-2 04810 (세트)

BBULMEDIA FANTASY STORY

진솔 현대 판타지 장편 소설

7

멋대로 라이프

뿔미디어

Contents

Chapter 1
기적처럼

"으아아앙! 제로오오오!"

이루어질 리 없다 생각한 기적의 순간.

우연과도 같은 찰나였지만, 내 몸은 생각한 것보다도 먼저 움직이고 있었다.

콰르르릉!

"아니, 어찌……!"

두 여자의 요란한 등장에 가장 큰 동요를 보인 것은 두꺼비 형상의 괴물 케일투스였다.

나타난 두 사람 중 한 명은 자신이 직접 죽였다고 생각했던 인물이었으니, 여태 가장 침착한 모습을 보이던 케일투스라 하더라도 순간 시선이 분산되는 것은 어쩔 수 없었다.

그리고.

스—카악!

지금까지와는 다른 이질적인 소리가 녀석의 몸에서 울려 퍼졌다.

"크으윽?!"

"이제 잘 먹히는구만."

녀석의 투명하고도 두터운 살점을 깊게 파고 들어간 금빛 엄니는 더 이상 무형의 것이 아닌 녀석의 내장을 파헤치고 있었다. 케일투스는 여지껏 본 모습 중 가장 당황하는 모습이었다.

"이… 인간 노오옴!"

촤아악!

역시 보스 앞의 문지기라고 해야 할까, 극심한 고통을 겪고 있을 텐데도 케일투스의 철퇴와 같은 혀가 공격을 가한 나를 향해 쇄도했다.

단 한 대만 맞아도 빈사 상태에 이르기에 부족함이 없는 강력한 공격. 여태 나는 저 혀끝을 피하고자 무던히도 애를 쓰고 있었지만.

"지금은 상황이 조금 다르지."

"제로오오오오옷!"

투콰아아앙!

케일투스의 기습적인 혀 공격은 기다란 외침과 함께 떨어져 내린 타워 실드에 의해 무산되고 말았다.

반사광을 번쩍이며, 타워 실드가 녀석의 혀 위로 무참히 떨어져 내렸다.

콰작!

"크아아아악!"

혀의 중간 부분이 육중한 타워 실드에 깔려 고통에 몸부림치는 케일투스의 모습에는 지금껏 우리를 괴롭히며 보여왔던 여유 따위는 전혀 남아 있지 않았다.

그저 난생처음 겪는 극심한 고통에 버둥거리는 괴물만이 남아 있을 뿐.

"이제 마지막이다."

"이놈! 어딜!"

투두두두!

위기에 처한 케일투스를 발견한 카구투스가 단단한 갑각을 앞세워 몸을 내던져 왔지만… 그거야말로 내가 바라던 바였다.

'드디어……!'

그토록 기다리던 기회가 왔다.

카구투스의 갑각은 금빛 엄니가 통과하지 못할 만큼 강력하지만, 갑각 간의 틈새는 육중한 크기만큼이나 넓다.

이전까지는 케일투스의 유연한 혀와 라마쿠스의 육탄 공격으로 그 맹점을 메워왔지만 셋의 균형이 깨진 지금은 다르다.

"끄아아악!"

카가가각!

무력화된 케일투스로부터 나를 떨어뜨리기 위해 몸을 내던진 카구투스의 거대한 갑각의 틈새로 빛살처럼 금빛 엄니가 파고들었다.

결과적으로 녀석의 본능적인 움직임에 날이 깊게 파고들어가지는 못했지만… 어깨의 갑각 사이에 생긴 상처는 녀석의 팔 하나를 무력화시키기에는 충분한 깊이였다.

피슈우웃!

"끄으읍!"

어깨의 갑각 틈새로부터 어울리지 않는 붉은 핏줄기를 뿜어내는 카구투스는 믿을 수 없다는 눈으로 자신의 팔을 쳐다봤지만, 그렇다고 한들 기능을 상실한 팔이 다시 움직일 리 없었다.

"이제 상황 역전이군."

낭패한 모습으로 우리를 쳐다보는 카구투스와 그 사이 스스로 혀 일부를 잘라내는 것으로 몸을 빼낸 케일투스, 그리고 이 상황에 끼어들지 못했던 라마쿠스까지. 이들 3인조의 능력은 여전히 강력했지만, 이제는 우리의 전력이 달라졌다.

"으에엑! 이게 뭐야아!"

"꺄악! 그거 들고 가까이 오지 마!"

방패 모서리에 한때 케일투스의 혀였던 진득한 점액질이 묻은 것을 보고 울상을 짓는 벨라와, 그걸 보며 비명을 지르는 나여주……. 그다지 믿음이 가는 모습은 아니었지만 지금 이 둘의 능력이면 저 셋을 처리하기에 부족함이 없었다.

"벨라! 한 번 더 부탁해!"

"아, 응!"

그토록 기다리고 찾아 헤메던 벨라가 스스로 우리 곁으로 돌아왔는데, 그 회포를 풀 시간도 없었다. 나는 곧장 벨라에게 도움을 청했다.

마치 그간의 공백 따위는 없는 것처럼.

"으야아압!"

콰아앙!

헤어지기 전보다 한층 강력해진 벨라의 방패술이 지면

을 강타하자, 사방으로 퍼져 나간 바닥의 파편과 솟구친 모래먼지가 일순 괴물 3인조와 우리 사이의 시야를 가렸다.

"젠장! 경계를!"

주변의 시야가 차단된 상황에 불안을 느낀 것인지, 3인조가 서로의 간격을 좁혔다.

지금껏 나의 스피드에 한껏 농락을 당했으니, 먼지 구덩이에서 튀어나올 나를 의식한 꽤나 합리적인 판단이다. 그러나 치명적인 실수이기도 했다.

"골드 만땅! 기가 썬더!"

꽈자자자작!

"키에에엑!"

"끄아아아악!"

이곳이 심해왕의 거처임을 의식한 뒤로 나여주가 꾸준히 연습해 오던 전격계 마법이 건물의 천장으로부터 내려치자, 번개의 파열음 사이로 3인조의 고통에 찬 괴성이 울려 퍼졌다.

부지불식간에 일어난 기습이었다. 나여주의 전매특허인 조합 마법으로 위력을 올리지는 못했지만, 3인조의 극상성에 해당하는 전격 마법은 그녀의 골드 추가 버프만으로도 강력한 위력을 뿜어냈다.

파스스스—!

"와우! 한 방에 셋!"

"좋았어!"

번개가 일으킨 폭풍 속에 먼지가 걷히고, 전경을 드러낸 3인조의 몰골을 보며 나여주가 불끈 주먹을 쥐어 보였다.

여기까지 와서 허무하게 목숨을 잃을 뻔한 상황과 그로 인해 받은 도움, 그로 인한 미안함과 고마움 등… 그간의 설움을 털어내는 기쁨의 제스처였다.

'전격의 여파가 조금 남아 있지만… 이 정도라면!'

파밧!

나여주와 벨라가 콤보 성공에 환호하는 사이, 나는 보다 빨리 몸을 움직였다.

괴물 3인조는 조금 전 공격에 의해 큰 피해를 입었겠지만, 여지껏 저들과 싸워온 나로선 한시도 방심할 수가 없었다.

저들의 체력이 지금 어찌 됐든 간에, 여전히 강력한 한 방을 가진 몬스터들이었으니 말이다.

티딕—! 틱!

단일 마법이긴 했지만 골든 메이지의 위력을 증명이라도 하듯, 바닥에 남은 전격의 여파가 발을 움직일 때마다

기름 튀는 소리를 냈다. 하지만 이미 이 기회에 저들 중 하나 이상을 처리할 마음을 먹은 나에게 망설임이란 없었다.

"끝이다!"

퍼걱—!

"그허어억!"

혼란에 빠진 괴물 3인조의 틈으로 난입한 나는 곧장 두꺼비 형상의 괴물 케일투스 쪽으로 달려들었다.

케일투스와는 그간의 원한이 많기도 했지만, 머리가 갑각으로 둘러싸인 카구투스나 아가미라는 미묘한 공격 포인트를 가진 라마쿠스에 비해 비교적 급소가 드러나 있다는 점을 노린 나름의 계산된 행동이었다.

파르르르……!

꾸지직—!

정확히 케일투스의 머리에 내려 앉아 힘껏 금빛 엄니를 내리누르는 양팔이 힘을 이기지 못하고 파르르 떨려왔다.

천 단위에 이르는 힘 스탯이 몽땅 금빛 엄니를 쥔 손에 몰려들며, 케일투스의 반투명한 살점을 파고들기 시작했다.

"끄아아악!"

"젠장! 인간 놈!"

이런 케일투스의 위기를 가장 먼저 발견한 것은 라마쿠

스였다. 비록 급작스런 극상성 마법에 큰 피해를 입긴 했지만, 다른 둘에 비해 상처가 적은 탓에 보다 빨리 회복할 수 있었던 모양이다.

슈파아악—!

물고기 몸에 인간의 팔다리, 그런 비상식적인 몸이라기엔 너무나 빠른 속도였다.

내게 도달한 라마쿠스는 근육으로 뒤덮인 두꺼운 팔을 들어 당장이라도 케일투스의 내장을 파고들려는 금빛 엄니의 손잡이를 노렸고, 그 빠른 속도와 위력을 감당할 자신이 없는 나로선 몸을 빼는 수밖에 없었다.

물론…….

"그냥은 못 가지!"

퍽!

카가가각!

"끄아아아악!"

"이 망할 인간이!"

아직도 괴물이 셋이나 남은 상황에서 고작 적 하나와 동귀어진할 수는 없는 노릇이었기에 순순히 몸을 뺐지만, 그렇다고 한들 그냥 도망치기도 아쉬운 일이다.

케일투스의 탄력적인 살을 밟고 뛰어오르며, 발로 금빛 엄니를 노리던 라마쿠스의 손을 정확히 쳐냈다. 케일투스의 몸에 꽂힌 금빛 엄니를 쥐고 있던 라마쿠스의 팔이 쭉 밀려나며, 케일투스의 몸에 기다란 상처를 만들었다.

주륵.

"인간! 죽이고 말겠다!"

"여태 죽일 생각 없던 것처럼 말하는구만."

배의 일부가 갈라져 흘러내리는 내장을 꾸역꾸역 손으로 집어넣은 케일투스가 분노에 찬 목소리로 외쳤다. 어느새 멀찍이 거리를 벌린 뒤 자세를 고친 나는 여유롭게 그를 비아냥거렸다.

'뭐, 아직 비아냥거릴 처지는 아니지만.'

방금 전 기습적인 공격으로 케일투스에게 큰 상처를 입히는 데 성공하긴 했지만, 원래 내가 노렸던 것은 내 발차기에 밀린 라마쿠스의 손이 케일투스의 내장에까지 상처를 입히는 것이었다.

그러나 금빛 엄니는 무언가를 가르기보다는 찌르는 데 특화되어 있는 무기다. 결국 금빛 엄니와 라마쿠스를 이용한 내 작전은, 중상은 중상이되 치명적이라기엔 아쉬운 결과를 만드는 데 그치고 말았다.

거기에 이 공격 과정에서 나는 유일한 무기인 금빛 엄니를 잃은 상황. 이런 상황에서 사실상 내 비아냥은 허세라고밖엔 할 수 없었다.

'어떻게 하지? 당장 쓸 만한 게 없을까?'

급히 곁눈질로 인벤토리를 뒤져 보았지만, 아쉽게도 금빛 엄니 외의 무기류는 가진 것이 없었다. 여태 엠페러라는 사기적인 무기(?)에 의존해 온 결과였다.

'그러고 보니 엠페러는?'

문득 아까까지 마법을 준비하고 있던 엠페러가 떠올라 엠페러를 향해 고개를 돌리자, 마법을 준비하며 고개를 숙이고 있던 녀석이 동시에 나를 올려다봤다.

'주인!'

'됐구나!'

말은 하지 않았지만 엠페러의 자신감 넘치는 눈을 보니 뭔지 몰라도 마법에 성공했음을 알 수 있었다.

성공을 했다기엔 조금 전 블리자드 스톰 때와 같은 화려한 연출은 아무것도 나타나지 않았지만, 사실 지금 상황에선 엠페러가 마법을 성공했고 안 했고가 중요한 것이 아니었다.

"엠페러!"

파앗!

내 외침과 함께 내 손으로 뛰어든 엠페러는 순식간에 훌륭한 대검으로 변모했고, 엠페러라는 사기 무기를 탑재함으로써 한결 여유를 찾은 나는 엠페러에게 물었다.

"그래서, 마법은 어디 있어?"

"후후. 싸워보면 알 거다, 주인."

눈썹을 까딱거리며 우쭐거리는 엠페러의 모습에 무언가 한마디 하고 싶은 마음이 굴뚝같았지만, 그보다는 눈앞의 적이 더욱 급했다.

"이 자식! 잘도 케일투스를 베었겠다!"

투콰아앙!

"그 자식 썰어낸 건 너잖아!"

바닥이 깨질 정도로 강력한 도약과 함께 종전보다 더욱 빠른 속도로 달려드는 라마쿠스는 그야말로 빛살과도 같은 모습이었지만… 빛살처럼 빠르다, 라는 것을 이골이 나도록 체험해 본 나에게는 그리 큰 위협이 못된다.

파파파팡!

허공중에서 엄청난 속도로 손발을 놀리는 라마쿠스의 공격은 과연 몸으로 받아넘기기에는 무리가 있을 만큼 강력했다. 하지만 이미 엠페러를 손에 쥔 나에겐 별것도 아니었다.

퍼퍼퍼퍽!

"젠장! 분명 느낌이 있었는데!"

강렬한 타격음이 있었지만, 어째선지 아무런 피해도 입지 않은 나였기에 라마쿠스는 의문 섞인 외침을 내뱉으며 멀찍이 떨어져 나갔다.

그리고 그 틈을 타 엠페러에게 물었다.

"괜찮냐?"

"끄떡없다, 주인!"

바들바들.

너 떨고 있는데?

괜찮은 것 치곤 엠페러의 안색이 좋지 않았다. 하지만 지금 상황은 그런 엠페러의 상황을 고려할 만큼 여유롭지가 못했다. 결국 나는 엠페러를 앞세운 채 뛰쳐나갔다.

"젠장! 이 약아빠진 인간!"

일직선으로 단숨에 달려오는 나를 보며 라마쿠스가 쉽사리 이해하기 힘든 말을 외쳤다. 일부러 이 상황을 유도한 나는 비쭉 웃어 보였다.

'지금 직선 방향으로 라마쿠스와 케일투스뿐이다. 아직 회복이 충분하지 못한 케일투스를 지키기 위해선 정면으로 싸우는 수밖에는 없겠지.'

라마쿠스는 좀 전에 달려드는 것으로 나의 시선을 케일투스로부터 떼어놓고자 했겠지만, 나에게 거리를 준 순간 목표는 정해진 것이나 다름없었다.

'조금 전 기습이야 당황해서 수비했지만… 이젠 다를 거다!'

슈카아악─!

허공을 수놓은 엠페러의 검, 궤적에 움찔 몸을 떤 라마쿠스는 본능적으로 몸을 피했고, 이는 그에게 있어 굉장히 현명한 선택이었다.

"쳇! 한 방에 보낼 수 있었는데……!"

방어력을 무시하는 엠페러의 무기화 효과는 케일투스와 같은 무한히 재생하는 몸이 아니라면 치명적일 수밖에 없을 것이다. 거기다 일대일의 정면 대결. 무조건 라마쿠스를 압도할 자신이 있었다.

물론 녀석들이 일대일의 싸움을 고집할 때의 이야기지만… 혹시 모를 경우에 대한 대비책도 조금 전에 생겨난 참이었다.

"자! 벨라, 여주! 지금이다!"

흠칫!

엠페러의 예기에 놀라 몸을 빼던 라마쿠스는 내 외침에 급히 내 뒤쪽을 바라보았다. 그것은 상처를 재생하고 있던 케일투스도, 전격 마법의 여파를 몰아내던 카구투스도 마찬가지였다. 모두가 흠칫 몸을 떨며 조금 전 난입한 두 여자에게 눈을 돌렸다.

그리고… 그 두 여자도 서로에게 눈을 돌렸다.

"엥? 나?"

"어?"

명백히 당황한 목소리.

벨라와 나여주는 요란한 등장 후, 우리를 위협하던 놈들에게 시원하게 공격을 휘갈겼다고는 생각할 수 없을 만큼 당황한 눈으로 나를 재차 돌아보았다. 두 사람의 얼굴에는 전투 의지라곤 눈곱만큼도 찾아볼 수가 없었다.

"으응? 그게… 아무래도 이거 마지막 싸움? 그런 거 같아서 아무래도 내가 끼어드는 건……."

"으으, 싫어! 아까는 분위기 때문에 마법부터 갈겼지만… 저거 너무 징그럽다고! 내 마법 오염된다고!"

쓰잘데기 없이 주인공을 배려하는 벨라의 수줍은 고백부터, 내장을 흘리고 있는 케일투스나 흉측한 몸뚱이를 지닌 나머지 녀석들을 가리키며 질색하는 나여주의 모습에 몬스터나 바이저스 길드원은 물론, 내 손에 들린 엠페러마저 고개를 쭉 빼들어 두 여자를 노려보던 그 순간.

내 몸이 얼빵한 표정의 케일투스의 면전으로 파고들었다.

파각!

"크아아아악!"

모두가 멍해 있는 틈을 타 완벽하게 케일투스의 가슴팍을 찌르고 들어간 나는, 마침내 목표했던 녀석의 급소,

심장에 칼을 박아 넣을 수 있었다.

하나.

터엉—!

"음, 얕았나?"

분명 녀석의 투명한 살점 너머로 놈의 심장에 엠페러의 날개 끝이 닿는 것을 확인했건만, 어째선지 녀석은 괴로운 표정을 지을지언정 쓰러지지는 않았다.

"크흣! 네노오옴!"

"이 자식, 떨어져!"

"까불지 마라! 인간!"

"쳇!"

죽일 듯 나를 노려보는 케일투스를 엄호하며 라마쿠스가 달려들고, 뒤이어 몸을 추스른 카구투스까지 달려들었다. 나는 어쩔 수 없이 몸을 뺄 수밖에 없었다.

엠페러를 손에 쥔 덕분에 공격력이 급상승했다고는 하지만 여전히 녀석들의 공격은 위협적이었다.

"왜지? 확실히 심장을 찔렀을 텐데……!"

아쉬움과 분함이 섞인 내 한숨 섞인 외침에, 케일투스는 고통스러운 표정을 하는 와중에도 비웃음을 흘리는 것을 잊지 않았다.

"잊었나? 내 몸에는 일반적인 물리 공격이 통하지 않

는다는 것을. 비록 내장이 구현되었지만 이것 역시 점액으로 만들어져 있으니… 일격에 나를 죽이는 게 아니라면 네놈의 무딘 칼질로는 날 죽일 수 없다."

구구절절한 설명이었지만, 그래도 덕택에 중요한 정보를 얻을 수 있었다.

'역시 엠페러가 아무리 강력해도 물리 공격인 이상 저 녀석에겐 듣지 않나 보군.'

나는 미간을 찌푸리며 손에 든 엠페러와 케일투스를 번갈아 바라보았다.

찔린 가슴은 손으로 가리고 있어 잘 보이지 않았지만, 녀석의 내장이 흘러나오던 뱃가죽이 어느새 봉합되어 있는 것을 보니 녀석의 말이 틀리지 않음을 알 수 있었다.

'역시 여주의 도움을 받는 게 좋겠어.'

골든 메이지의 마법은 통상 마법보다 압도적인 위력을 자랑한다. 그러니 셋 전부를 상대로는 힘들겠지만, 케일투스 하나만을 맡긴다면 나여주 혼자서도 충분히 상대할 수 있을 터였다.

"그렇다면 일단 나여주를……."

어느 정도 해결책을 떠올린 내가 고개를 돌려 나여주를 부르려 할 때, 내 손에 들린 엠페러로부터 음침한 웃음소리가 울려 퍼졌다.

"우흐흐흐……."

"뭐야……?"

녀석은 부리를 기괴하게 비틀며 낄낄거리고 있었다. 근래 본 웃음 중 가장 야비하고 얍삽해 보이는 미소다.

"후후후… 주인. 지금 내 모습, 어딘가 평소랑 다르지 않나?"

"…무슨 말이 하고 싶은 거냐, 너?"

평소처럼 뚱뚱한 배와 그에 어울리지 않는 날카롭고 기다랗게 뻗은 양 날개, 그리고 내 손 안에 가지런히 모여 있는 짤막한 다리까지… 평소와 다르게 짜증 날 만큼 비열한 웃음을 짓고 있다는 것만 아니라면 다른 점은 전혀 찾아볼 수 없었다.

"후후… 저 녀석을 잘 봐라, 주인."

여전히 음침한 웃음을 거두지 않은 엠페러가 칼날화했던 날개 끝을 접어 케일투스를 가리키자, 마치 약속이라도 한 듯 케일투스의 표정이 일변했다.

"이… 이건?"

"크흐흐흐!"

여전히 악당의 웃음을 흘리며 웃어 보이는 엠페러의 모습에 한 대 쥐어 박고 싶은 욕구가 충만했지만, 가까스로 참아냈다.

"…뭐 한 거야?"

"후흐흐… 잘 봐라, 주인. 이걸 봐도 모르겠나?"

부웅─!

큰 힌트를 준다는 듯 스스로 몸을 흔들어 보이는 엠페러의 모습은 크게 다를 게 없었지만, 그 주변의 모습은 달랐다.

엠페러의 몸이 움직인 자리에 남겨지는 은근한 푸른빛의 잔상.

그리고 그곳에 남겨진 싸늘한 감촉은 여태껏 엠페러를 휘두를 때는 한 번도 보지 못했던 현상이었다.

"이건…….

"알아챘나, 주인? 이건 '인챈트 아이스'라는 마법이다!"

뿌듯한 듯, 자랑스럽게 가슴을 쭉 내미는 엠페러의 얼굴엔 만족감이 어려 있었다. 그는 곧 마법에 대해 설명하기 시작했다.

"원래는 우리 펭귄족이 근접 전투를 벌일 때 몸에 두르는 버프 마법이지만… 나와 주인 같이 특이한 상황에서는 꽤나 큰 도움이 된다, 주인!"

쩌저적─!

"…무슨!"

그런 엠페러의 말에 부가 설명을 더하기라도 하듯, 때마침 가슴 어림을 감싸고 있던 케일투스가 조금 전 찔렸던 가슴을 중심으로 얼어붙어 가기 시작했다.

"후후… 인챈트 아이스 마법에 당하면 상처 부위가 얼어붙어 버리지!"

괴로워하는 케일투스를 보며 흐뭇한 웃음을 감추지 못하는 엠페러의 모습은 여전히 악당 같았지만, 나는 엠페러가 한 방 먹였음을 인정할 수밖에 없었다.

"이… 내가… 이렇게 허무하게……!"

쩌저적, 쩌저저저적!

가슴에서 시작된 얼음의 흔적은 반 액체로 이루어진 케일투스의 몸을 순식간에 덮쳤다. 그리고 다시금 케일투스를 돌아봤을 때는 이미 꽁꽁 얼어버린 거대한 두꺼비의 형상만이 남아 있을 뿐이었다.

심지어…….

콰자자작!

"…자신할 만하네."

얼음 동상이 된 케일투스는 얼마 못 가 산산이 부서져 얼음 조각이 되어버렸다. 이는 보는 모든 이들이 넋을 놓기에 충분한 모습이었다.

지금껏 우리를 끈질기게 괴롭혀 온 괴물의 최후라기엔

꽤나 초라한 결말이었다.

"…어?"

"응?"

나를 비롯한 모두가 이런 엠페러의 마법에 감탄하고 있을 때, 나는 손에 들린 엠페러로부터 의문성을 들을 수 있었다.

그 의문성에 반응해 나 역시 의아한 눈으로 엠페러를 돌아보았지만, 흠칫 몸을 떤 엠페러는 이내 내 시선을 피해 버렸다.

'이 녀석… 숨기는 게 있구만?'

나름 시선을 피한다고 고개를 최대한 뻗기는 했지만, 그래봐야 내 손바닥 안.

녀석의 눈동자가 빠르게 흔들리고 있음을 놓칠 리가 없었다.

"……."

엠페러가 게슴츠레한 내 시선을 피해 머리를 도리도리 흔들었다. 여전히 의심의 눈초리를 거두지는 않았지만, 시기적으로 엠페러를 추궁할 만한 여유가 없었다. 결국 나는 다시 시선을 남은 두 괴물들에게 돌릴 수밖에 없었다.

"제길… 왕께서 하사하신 항마력을 넘어서는 냉기란 말

인가?!"

"분명 아까의 블리자드 스톰조차 막아냈던 몸이거늘……."

당황함이 역력한 라마쿠스와 카구투스였지만, 케일투스의 처참하고도 허무한 죽음을 본 탓인지 오히려 그들의 기세는 흉포해졌다.

아니, 흉포해진 것처럼 보였다.

마치 겁을 먹고 가시를 세운 고슴도치의 모습과 같다고 할까?

두려움이 깃든 눈으로 나와 엠페러를 번갈아 보는 두 괴물의 모습은 이전과는 확연히 다른 모습이었다.

'뭐, 그렇다고 딱히 약해졌다는 건 아니지만.'

비록 겁먹은 듯한 모습을 보이고 있다고는 하나, 여전히 두 몬스터는 규격 외의 괴물이었다.

둘 중 하나라도 공격에 정통으로 적중된다면 여기 있는 이들 중 그 누구도 살아남기 힘들 것이다. 거기다 녀석들의 단단한 피부는 우리 중에서도 소수만이 상처를 입힐 수 있을 정도였다.

그런 녀석들이 한껏 경계 태세를 갖추고 있으니, 녀석들의 대장격 몬스터가 죽었다고 한들 방심을 늦춰선 안 된다.

"일단은… 하나씩 확실하게 가 볼까?"

"주인."

"응?"

케일투스의 잔해를 두고 양옆으로 갈라선 카구투스와 라마쿠스 중, 비교적 상처가 큰 카구투스를 향해 엠페러를 향하자 손에 들린 엠페러가 나를 불렀다.

"이번엔… 저 녀석을 공격하자, 주인."

엠페러는 스스로 몸을 움직여 라마쿠스 쪽을 향했다.

"…뭐 큰 상관은 없다만, 굳이 왜?"

카구투스와 라마쿠스, 이 둘의 전투력을 비교하자면 내 입장에선 크게 다를 바가 없었다.

어차피 내게 있어 한 대만 맞으면 죽거나 빈사 상태에 이른다는 것은 둘 다 똑같았고, 마찬가지로 나 역시 엠페러로 한 방만 제대로 먹이면 둘 다 확실하게 보내 버릴 수 있다는 것 역시 같았다.

물론 앞서 금빛 엄니에 팔에 상처를 입은 카구투스가 조금 더 처리하기 편할 거라고는 생각했지만, 그렇다고 한들 두 몬스터 중 어느 한쪽이 압도적으로 강하거나 약한 것은 아니었으니 나로선 누구를 먼저 선택한들 상관없는 일이었다.

이런 나의 의문에 대해 엠페러는 긴 말을 하지 않았다.

"아마… 아마도 싸워보면 알 수 있을 거다, 주인."

"…뭐 상관없지."

물론 굳이 조금 더 상태가 좋은 라마쿠스를 선택한다는 것에 있어 불안감이 없는 것은 아니었지만, 지금의 우리에겐 든든한 아군이 있었다.

"으, 저 다리에 털 좀 봐……."

"으엑, 너무 싫어!"

'아직 전력외로 보이긴 한다만…….'

그래도 조금만 위험한 상황이 오면 누구보다 먼저 뛰어들 것을 알기에 나는 조금 여유를 가질 수 있었다.

스윽.

내가 카구투스에서 라마쿠스 쪽으로 자세를 바꾸자 이쪽을 잔뜩 경계하고 있던 두 몬스터의 얼굴에 희비가 교차했다.

나와 엠페러, 그리고 벨라와 나여주는 물론, 회복 중에 있는 바이저스 길드가 있는 이상 둘 중 누구도 살아 돌아갈 수 있을 리 없건만, 고작 몇 분 몇 초 정도 늦게 죽는다는 것에 희비가 엇갈리는 몬스터들의 표정이 우습기 짝이 없었다.

"자… 가 볼까?"

파앗!

아직은 뒤에 카구투스를 한 번 더 상대해야 한다는 것을 염두에 두고, 저돌적인 돌진보다는 차분한 접근을 택했다. 하지만 그럼에도 불구하고 강력한 각력에서 뿜어져 나오는 속도는 무시할 바가 못되었다.

"인간 놈……!"

자신이 첫 공격 대상이 되었다는 것에 자존심이라도 상한 것일까, 아니면 죽음이 눈앞에 다가온 것을 느낀 것일까.

한껏 수비적인 자세를 취하고 있던 라마쿠스는 분노한 표정으로 다리를 벌리며 조금은 적극적인 공세를 취했다.

아니, 정확히는 반공세(反攻勢)라고 해야 할까.

나의 속도와 엠페러의 공격력을 알기에 치명상을 피할 수 없다는 것은 알지만, 만일 공격해 들어온다면 무조건 한 대를 되갚아 때려주겠다는 의도의 자세였다.

종전의 전진 위주의 모습과 달리 한자리에서 나의 움직임만을 눈으로 쫓고 있었다.

한 대, 한 대의 공격이 위협적인 나에게는 꽤나 위협이 되는 모습이었다.

'하지만… 그런 자세라면 약점이 부각될 수밖에 없지.'

콰앙!

라마쿠스를 상대로 조심스레 접근하던 나는 라마쿠스의

몸이 공격권에 들어오자마자 온 힘을 다해 몸을 틀었다.

정면으로 다가서던 방향을 바꾸어 라마쿠스의 측면과 후방을 노리는 전법을 선택한 것이다.

'녀석의 몸뚱이는 물고기다. 아무리 힘과 속도가 뛰어나다 해도 측면이나 후방의 공격에 대응하기 힘들 수밖에 없지.'

만일 라마쿠스가 이전처럼 나와 근접해 싸우는 방식을 택했다면, 감히 이런 전법은 생각해 낼 수 없었을 것이다.

내 속도가 빠르다고는 하지만, 정면에서 치고받는 중에 라마쿠스의 공격을 피해 측면이나 후방으로 돌아간다는 것은 불가능에 가까웠다. 덩치도 덩치일뿐더러 다른 놈들의 합공이 있으니 그럴 여유도 없었다.

하나 지금처럼 라마쿠스가 제한된 영역에서 스스로의 움직임을 봉쇄하고 있다면……

"이렇게! 옆이 빈단 말이지!"

"인간!"

나의 공격에 대응하여 반격하는 자세를 취하는 전법을 택한 라마쿠스로서는 반응이 늦을 수밖에 없었다. 이쪽이 움직이는 모습을 보고 나서야 방향을 정할 수 있을 테니까. 그는 당연히 전력을 다해 이 순간을 노린 내 속도를 따라잡지 못했다.

고작 몸을 반쯤 틀어 완전히 뒤를 잡히지 않는 것이 최선일 터.

엠페러의 검은 날이 녀석의 옆구리를 노리는 순간.

촤악!

"……!"

"후후. 인간, 그런 얕은 수가 통할 거라 생각했나?"

여태껏 아무런 움직임도 없어 전혀 신경을 쓰지 않고 있었던 녀석의 지느러미가 곧게 펴지며 몸으로 날아오던 엠페러의 검면을 쳐냈다. 뿐만 아니라 녀석은 기다렸다는 듯 꼬리를 휘둘러 엠페러를 멀리 튕겨내기까지 했다.

촤앙!

"크으윽!"

"하하하! 이 몸이 그렇게 공격해 오는 경우에 대해 생각해 보지 않았을 것이라 생각했나?"

나는 조용히 입술을 깨물었다.

그 말대로였다.

녀석의 신체 특성상 눈에 띄는 뻔한 약점이었다. 그런데 저만한 전투 능력을 지닌 녀석이 아무런 대비도 하지 않았을 거라고 생각했다니……. 그야말로 오산이었다.

녀석은 최후의 한 수로 자신의 꼬리와 옆구리의 지느러미를 쓰지 않고 숨기고 있었다. 자신의 약점이라고 생각되는 측후방을 공격해 올 때, 오히려 함정으로 사용하기 위해서 말이다.

수 싸움에 있어서 완벽한 패배.

그 패배의 대가는 치명적인 위기로 이어졌다.

'제기랄, 설마 이렇게 어처구니없게……!'

녀석의 꼬리 지느러미에 맞은 엠페러가 위로 크게 날아오르며 내 가슴 앞쪽은 텅 빈 상태가 되고 말았다.

물론 엠페러를 놓치지 않기 위해 있는 힘껏 엠페러의 발목을 잡고 있었으니 손에서 놓치는 것은 막을 수 있었다. 하지만 불행히도 양손을 위로 힘껏 치켜 든, 아무런 방비를 할 수 없는 모습이 되고 만 것이다.

그렇게 급소를 훤히 드러낸 내 몸을 향해 라마쿠스의 강력한 정권지르기가 날아들고 있었다.

"죽어라, 인간!"

"안 돼!"

"제로!"

여태껏 싸움을 보면서 여유를 부리던 모습과는 달리, 실제론 나의 위기에 집중하고 있던 벨라와 나여주는 곧장 이쪽으로 달려왔다. 하지만 근접전에 특화된 라마쿠스의 일격으로부터 나를 구하기엔 턱없이 늦은 반응이었다.

그때.

나를 향해 날아들던 라마쿠스의 팔이 점차 느려지기 시작했다.

온 힘을 다해 허리를 뒤로 젖히며 최소한의 피해를 노리던 나는 일순간 눈에 띄게 느려지는 라마쿠스의 몸을 보며 순간 황당한 생각이 들었다.

'어, 뭐야……. 이게 주인공이 위기에 빠지면 주변이 느려진다는 각성 모드, 뭐 그런 건가?'

하나 그런 것이라고 하기엔 다른 나머지가 너무 또렷하고 정상적인 속도로 움직이고 있었다.

"으하하하! 어리석은 인간……. 응?"

느려진 것은 라마쿠스의 주먹뿐, 정상적으로 움직이고 있던 녀석의 나머지 육체는 제 시간에 타격점에 이르지 못한 팔 덕분에 한차례 휘청거렸다. 그래도 이내 자세를 바로한 녀석이 황당하다는 듯 외쳤다.

"이, 이게 뭐야!"

나 역시 얼떨결에 위기에서 벗어난 뒤 자세를 고치고, 녀석이 황당하게 쳐다보고 있는 팔을 함께 노려봤다.

"파랗잖아?"

"역시……."

무언가 짚히는 바가 있다는 듯 손안에서 중얼거리는 엠페러의 목소리가 들려왔다. 그때, 한 박자 늦은 나여주와 벨라의 지원이 도착했다.

펙!

빠지지직!

"크아악!"

날아든 방패 모서리가 라마쿠스의 아가미를 때렸고, 녀석과 상극이 되는 번개 마법 하나가 놈의 몸에 작렬했다.

비록 급하게 준비한 탓에 둘 모두 강력한 위력을 발휘하지는 못했지만, 이미 다른 데 정신이 팔려 있던 라마쿠스의 혼을 빼놓기에는 충분한 공격들이었다.

'지금!'

나는 때를 놓치지 않았다.

녀석의 팔에 일어난 이변이 궁금하기는 했지만, 바로 수초 전에 자만과 오판으로 위기에 처했던 직후였다.

이런 상황에서 적의 허점을 놓칠 만큼 나는 순진하지 않았다.

퍼억!

"끄어어억! 이… 인간……!"

녀석의 벌어진 아가미 틈새에 비스듬히 엠페러를 꽂아 넣는 것으로 녀석의 머리를 완전히 관통한 나는, 뒤이어 원통한 라마쿠스의 마지막 신음을 들으며 녀석의 몸으로부터 엠페러를 뽑아 들었다.

쩌엉!

케일투스가 그랬던 것처럼, 라마쿠스의 몸은 머리에서 부터 천천히 얼음으로 굳어가다가 이내 전신이 꽁꽁 얼어 붙어 부서져 내렸다.

"이게… 아까의 원인인가?"

얼음이 되어가는 라마쿠스의 시체를 내려다보던 나는 모든 부위가 얼어가는 과정에서 유달리 빠르게 얼어붙는 곳을 확인할 수 있었다.

아니, 정확히 말하자면 그곳은 이미 얼어 있는 상태였다.

보다 강렬한 냉기에 그 위로 얼음이 덮여가고 있을 뿐.

파랗게 변한 라마쿠스의 팔은 얼음으로 꽁꽁 얼기 이전에 이미 이상이 있었음을 보여주고 있었다.

'…아마 이것도 엠페러 때문이겠지.'

엠페러가 나에게 라마쿠스를 노리라고 했던 이유를 지금에 와서야 확신할 수 있었다.

녀석은 이미 이전에 마법이 걸려 있는 엠페러와 몇 번 충돌을 한 바 있었다. 다만 직접 베이지 않았을 뿐.

베이는 순간 상처 부위를 중심으로 온몸이 얼어붙는 극강의 냉기는 비록 직접적인 상처가 아니더라도 닿는 것만으로 라마쿠스의 팔을 파괴했을 터이고, 그 과정에서 감각이 무뎌진 녀석은 자신의 팔 상태도 모른 채 무리한 공격을 감행하다 빈틈을 내주고 말았던 것이다.

그리고… 아마도 엠페러는 이런 상황을 짐작했으리라.

'이유를 정확히 알려주지 않은 건 괘씸하지만…….'

어쨌거나 나는 위기를 잘 넘겼고, 결과적으로 좋게 해결되기도 했으니 뭐 됐다.

물론 엠페러가 이런 상황을 미리 말해줬다면 그 위기조차도 피할 수 있었겠지만…….

'아마 이 녀석도 의심을 하고 있는 상황이겠지.'

굳이 따져 묻지 않아도 얼어붙은 라마쿠스의 시체를 보며 고민스러운 표정을 짓고 있는 엠페러를 보면 알 수 있는 사실이었다.

"자, 그럼 한 녀석 남았나?"

나는 일부러 들으라는 듯 마지막 남은 카구투스를 향해 외쳤다.

흠칫!

물론 말하지 않아도 지금 스스로가 위기 상황임은 카구투스 본인이 더 잘 알고 있을 테지만, 나는 나대로 노리는 바가 있었다.

조금 전 완벽히 공략이 가능하다고 생각한 라마쿠스가 일발역전의 한 수를 숨겨두고 있지 않는가.

거기에 나는 완전히 걸려들어 목숨이 위태로운 상황에까지 놓였다. 다행히 엠페러가 준비한(?) 필연이 있었기에 상황을 벗어날 수 있었지만.

그 덕분이라고 하기엔 우습지만, 덕분에 나는 이 괴물들에 대해 조금 더 경각심을 가지게 되었다.

그간 마계에서의 사냥은, 골든 메이지라는 사기적인 마법사 클래스의 보조와 엠페러라는 치트에 가까운 무기를 들고 너무도 수월하게 헤쳐 왔다. 그래서일까, 은연중에 이들 몬스터들을 쉽게 보고 있었는지도 모른다.

심지어 나여주가 케일투스에게 당했을 때도 그랬고, 이 세 녀석들에게 둘러싸여 있을 때도 마찬가지였다.

기습이었으니까, 3:1의 싸움이니까, 라는 생각을 하며 위험한 상황에서도 1:1이라면 지지 않을 거라 막연하게 생각하고 있었다. 고작해야 눈에 보이는 몇 가지 약점을 찾아낸 것을 가지고 너무도 자만했다.

하나 이 괴물들의 진짜 힘을 보고 난 지금은 다르다.

비록 마법에 당해 버렸지만, 심장을 찔리고도 회복하는 케일투스. 신체적 약점마저 함정으로 사용할 수 있는 이 몬스터들은 감히 단순한 수치상의 계산이나 눈대중으로 짐작할 수 없는 녀석들이었다.

비록 지금은 저렇게 두려운 듯 눈을 굴리고 있는 카구

투스라고 하지만, 저 녀석도 감춰진 무언가가 있을지 모른다. 조심스럽게 다가가는게 중요했다.

'그래, 그렇게 불안해해라. 뭘 감추고 있는 건지 모르지만 집중력을 최대한 흩어놓는다면……'

흔들림이 뚜렷한 카구투스의 반응을 보면서 내심 만족스러운 미소를 짓던 나는 이내 이어진 벨라와 나여주의 행동에 넋을 놓을 수밖에 없었다.

"죽어! 괴물!"

"이게, 감히 제로를!"

쾅! 투콰앙!

여유부리다 위급 상황에 도움이 안 된 것이 미안해서였을까, 아니면 민망해서였을까.

어느 때보다도 열의가 넘치는 그녀들은 이미 폭주하는 중이었다.

허공을 수놓는 방패의 잔상과 각종 마법의 향연에 가뜩이나 쫄아 있던 카구투스는 변변한 저항조차 못한 채 몸을 내주었다. 더욱이 원거리 공격과 방어에 특화된 그녀들의 공격에 가진 필살기도 내보이지 못한 채 죽음을 앞두고 있었다.

"……"

"주인, 저건 그냥 두는 게 좋을거 같다."

절레절레.

내 어깨에 날개를 얹고 고개를 젓는 엠페러의 의견에 나는 적극 동의했다.

저 압도적인 그림에 끼어들어 집단 폭력의 가해자가 되는 것도 꺼림칙할뿐더러, 굳이 저 싸움이 아니더라도 앞으로 위험한 일은 잔뜩 남았으니 말이다.

'그나저나… 저쪽은 뭐지?'

나여주와 벨라의 폭주를 뒤로한 채 고개를 돌린 곳에는 전혀 새로운 인물들이 이 광경을 구경하고 있었다.

수십에 이르는 그들의 외견은 이 어두침침한 마왕성에 꽤나 어울리는 모습이었지만, 의외로 적이 아닌지 카구투스의 폭행 현장을 멀뚱히 구경할 뿐이었다. 되레 간간이 벨라를 보면서 고개를 절레절레 흔드는 이들이 있을 뿐이었다.

'음……. 저들이 다크엘프족인가? 역시 벨라는 다크엘프의 숲에 있었나 보네.'

그 외견상의 특징으로 지금 나타난 수십의 인원이 다크엘프들임을 알아차린 나는 그들의 등장 시기나, 그들이 벨라를 보며 하는 행동을 통해 다크엘프들과 벨라가 연관이 있음을 알 수 있었다.

벨라가 그간 어디에 있었는지도.

'그러지 않을까 생각하고 있긴 했지만 확신을 갖기엔 단서가 전혀 없어서 조사를 뒤로 미루고 있었는데… 진짜 다크엘프들이랑 같이 있었다니.'

알려진 바로는 보통의 엘프와 다크엘프는 그다지 사이가 좋지 않은 편이라고 했는데, 벨라를 보면 딱히 그런 것도 아닌 듯싶다.

그렇게 내가 다크엘프들의 등장에 대해 생각하는 그때, 근래에 꽤 익숙해진 목소리가 들렸다.

"…제로 님?"

"…어?"

다크엘프들의 무리 사이로 빠끔 얼굴을 내민 녀석은 주변의 다크엘프들과 상반되는 삐까번쩍한 흰색의 갑옷을 입은 인물이었다.

아니, 이곳에 있을 리 없는데.

나는 헛것을 본 것처럼 고개를 흔들었지만, 나와 마찬가지로 그를 알아본 바이저스 길드원들이 그의 등장을 확신시켜 주었다.

"아르덴 님!"

"아르덴!"

"저기 순백의 기사님도 있어!"

어수선한 분위기 속에서도 아직 중상에서 회복하지 못

한 슈타인과 제논을 지키고 있던 그들은 새로운 전력의 등장에 환호했고, 그들의 목소리에 누워서 골골거리고 있던 나머지 두 간부도 고개를 들어 그들의 등장을 반겼다.

"아르덴! 왔구나!"

"순백 이 자식……! 역시 너라면 와줄 거라 생각했다!"

슈타인은 어울리지 않게 기뻐했고, 제논은 찡그린 얼굴에 환한 미소까지 피웠지만, 그들을 보는 순백의 기사와 아르덴의 표정은 어딘지 어색해 보였다.

둘은 그들 주변의 다크엘프들의 눈치를 보며 말했다.

"아니, 잡혀왔어."

"크흠……."

"……."

"……."

민망하다는 듯 고개를 돌리는 순백의 기사와, 어색하게 손을 들어 자신의 양손을 감은 포승줄을 보이는 아르덴의 모습에 할 말을 잃은 바이저스의 두 간부는 잠시 아무런 말이 없었다.

그때, 다크엘프 부대 사이에서 대장격으로 보이는 다크엘프가 무리를 벗어나 우리에게 걸어오기 시작했다.

그저 보이는 것만으로도 압도되는 강렬한 기세와 드러난 몸의 근육만으로도 알 수 있는 강함에, 지금껏 황당함에 말을 잇지 못하던 바이저스 길드원들과 전투의 후유증으로 양팔을 늘어뜨린 채 나름 이 상황을 분석 중에 있던 나는 절로 경계 태세를 취했다.

'뭐지? 벨라랑 나여주를 함께 데리고 온데다 상황을 방관하는 걸 보면 적은 아닌 거 같은데…….'

그러나 다가오며 내뿜는 기세가 삼엄하기 짝이 없었다. 거기에 누가 봐도 포로로 잡아놓은 것이 분명한 아르덴과 순백의 기사, 그리고 어디선가 봤던 걸로 짐작되는 형형색색의 유저들을 보자면 쉽사리 마음을 놓을 수 없는 상대였다.

거침없는 발걸음과 기세로 단숨에 바이저스 길드를 지나 나의 앞까지 다가온 다크엘프 대장은 부릅뜬 눈으로 나를 노려보았다. 나 역시 이에 질세라 똑같이 눈을 마주보았다.

'왠지 기세에서 밀리면 안 될 것 같아…….'

지금껏 벨라를 도와줬을 것을 생각하면 감사 인사부터 해야 할 테지만, 이렇게 흉흉한 분위기를 풍기고 다가오는 데야. 먼저 고개를 숙이면 안 된다는 걸 모를 정도로 나는 어리숙하지 않았다.

그렇게 눈대중으로 서로간의 기세를 파악하기를 수 초…….. 이내 다크엘프 대장의 표정이 미묘해졌다.

갸웃.

"…으음."

무엇을 생각하는 것인지 몰라도 나를 보며 고개를 연신 갸웃거리는 그의 얼굴엔 조금 전의 흉포한 기세가 씻은 듯 사라져 있었다. 아직 나를 노려보는 눈에는 적의보다는 의문이 가득해 보였다.

"아무리 봐도 순수한 인간인데……. 생각해 보면 순혈의 엘프가 마왕의 후계자와 함께한다는 것도 말이 안 되고 말이지……."

"……?"

순간 그의 말을 이해하지 못한 나였지만, 이내 무언가 머릿속을 스치는 것이 있었다.

'이 녀석들, 마왕의 후계자를 찾으러 온 건가?'

떠올려 보면 다크엘프들 역시 잭 오칼롯으로부터 엄청난 수모를 겪은 종족들로 기록되어 있었다.

그렇다면 이들이 잭 오칼롯에게 원한을 갖는 것도 이상한 것은 아닐 터. 여태 만난 종족들이 모두 잭 오칼롯을 두려워하고 경외하던 것과는 다른 경우긴 하지만, 그다지 이상할 것 없는 이야기이기도 했다.

'스스로 힘에 자신이 있다면 복수를 꿈꾸는 것도 이상한 것은 아닐 테니까.'

실제로 당장 눈앞에 있는 이 다크엘프 대장은 그만한 생각을 가질 만큼 강해 보이기도 했다.

물론 이 강함을 수치화해서 비교해 보거나 할 수는 없겠지만, 최소한 이 다크엘프는 앞서 만난 심해왕의 세 수하들과 비교해도 훨씬 우위에 있는 것 같았다.

'아마 이 다크엘프라면 아까 나와 같은 상황에서 전투를 벌였다고 해도 어렵지 않게 녀석들을 처치했겠지.'

경험한 바를 바탕으로 기준을 세우자 그의 강함이 어느 정도 눈에 보이는 듯했다.

그렇게 내가 이 다크엘프 대장에 대한 분석으로 여념이 없을 때, 한차례 시선을 돌려 자신의 부대 속에 아무렇지 않게 녹아 있는 서큐버스 퀸을 보며 눈살을 찌푸린 그는 나에게 손을 내밀며 스스로를 소개했다.

"반갑다. 벨라의 주인……. 아니, 동료? 뭐 아무튼, 나는 파울이라고 한다. 저기 보이는 녀석들의 대장이자 이곳 남부 다크엘프 숲의 전사장이지."

"…반갑습니다. 제로라고 합니다. 벨라를 데려다 주셔서 감사합니다."

"뭘, 나도 나름 재미있었으니 신경 쓸 필요 없어."

갑작스레 바뀐 그의 태도가 상당히 수상쩍었지만, 다행히 나는 별 표정 변화 없이 무사히 자기소개와 벨라를 도와준 것에 대한 감사 인사를 할 수 있었다. 그러자 파울은 나의 인사에 대해 의미를 알 수 없는 말을 하며 씨익 웃어 보였다.

'뭐 자세한 건 벨라에게 물어보면 되니까.'

나 역시 그렇게 간단히 납득하며 고개를 돌렸다. 이내 그가 데리고 온 다크엘프족들 사이에서 고혹적인 미소를 지은 서큐버스 퀸이 나타나 나를 향해 상큼하게 웃어 보였다.

"후후, 저는 제로 님이 괜찮으실 거라고 확신했지요."

'그런 것 치곤 처음엔 따라오지도 않았지만…….'

내가 이곳 심해왕의 성에 들어올 때 함께하지 않은 점과 그간의 의문점들을 떠올리면 의심이 가는 바가 한두 가지가 아니었지만, 나는 사람 좋은 웃음을 지으며 그녀의 애교를 받아들였다.

"하하, 뭐 운이 좋았지."

"어머, 심해왕의 세 권속을 상대로 싸워 이긴 것은 정말 대단한 일이라구요."

"뭐… 나 혼자 한 것도 아닌걸. 마지막엔 큰 도움도 받았고 말야."

짐짓 놀란 표정을 지으며 그렇게 말하는 서큐버스 퀸을 보면서 칭찬을 사양한 나는 나에게 도움을 줬던 이들을 둘러보며 순진한 표정을 지었다. 하지만 그런 중에도 그녀의 말에 담긴 정보를 놓치지 않았다.

'세 권속이라……. 내가 케일투스를 따라 들어갔을 때, 이미 나머지 둘에 대해서도 알고 있었다, 이거지?'

내가 심해왕의 성으로 들어가는 것을 결정했을 때 따라 들어오지 않은 것은 당초의 계획과 달리 심해왕과 정면 대결을 펼치게 되는 것에 위험을 느꼈다는 것으로 생각할 수도 있지만, 지금 그녀가 한 말은 조금 다른 이야기다.

서큐버스 퀸은 이미 이곳 성 안에 케일투스와 비등한 괴물이 둘이나 더 있음을 알고 있었을 뿐 아니라, 그들 셋의 전력이 어느 정도인지까지 알고 있었음이 분명했다.

그러나 서큐버스 퀸은 이에 대해 일언반구도 하지 않았고, 녀석들에 관한 정보를 전혀 알리려 하지 않았다.

심지어는 나를 따라서 들어오지 않았으면서도 심복 셋을 상대로 꿀리지 않을 실력을 가진 파울과 함께 뒤늦게 들어온 것을 보건대, 그녀는 분명 나와 바이저스 길드의 힘에 대해 의심하고 있거나 애당초 믿고 있지 않았을 가능성이 컸다.

'갈수록 수상해지는군.'

그간은 엠페러가 가진 마술 봉의 절대적인 권위에 복종한다는 말로 어떻게든 무마해 왔지만, 심해왕이라는 거대한 힘 앞에서 마술 봉의 효과가 전혀 먹히지 않는다는 점을 확인한 지금 지금껏 있었던 서큐버스 퀸의 전폭적인 지지는 너무도 의심스러운 부분이었다.

'뭐 일단은 그쪽 걱정은 접어두기로 하고…….'

비록 서큐버스 퀸이 의심이 간다고는 하지만, 어차피 당장 추궁해 봐야 나올 게 없는 상황이었다.

일단 서큐버스 퀸이 이곳까지 온 이상 심해왕과 적대 관계에 있다는 것은 의심할 바가 없는 만큼 괜한 시비로 혹여나 전력에 이탈이 생긴다면 앞서의 세 괴물들보다 강한 적을 두고있는 우리에겐 좋을 것이 없었다.

'그래……. 어떻게 된 상황인지는 알 수 없지만 어쨌거나 우리 쪽 전력이 상승한 건 좋은 일이지.'

최종 보스와의 결전을 앞두고 합류한 다크엘프들이나 서큐버스 퀸, 그리고 그들이 데려온 인질(?)들은 어쨌거나 하나하나 소중하고 쓸 만한 전력들이었다.

'벨라를 되찾긴 했지만 여전히 엠페러와 연계된 퀘스트는 남아 있으니까……. 어떻게든 심해왕은 잡아야만 하겠지.'

물론 그게 가능성이 있다고는 나 스스로도 그다지 믿고

있지 않지만, 그럼에도 이러한 무리를 하는 것은 엠페러 역시 벨라만큼이나 소중한 동료이자 친구이기 때문이리라.

설령 힘이 부족해 결국 엠페러와 헤어지게 된다고 할지언정 넋 놓고 손가락만 빨다가 소중한 것을 잃는 것은 성미에 맞지 않았다.

'공략하지 못하면 잃는다라……. 힘드네.'

정말이지 말로 다 못할 힘겨움이었다.

싸움에 지면 친구를 잃는다니, 이 얼마나 무자비한 일인가.

물론 유저와 몬스터의 싸움이니만큼 이번에 죽더라도 다시 도전이 가능할 것이다. 하지만 나는 이번이 사실상 처음이자 마지막 기회임을 알고 있었다.

심해왕에게 모두가 전멸당한다고 해도 나는 포기하지 않고 몇 번이고 도전할 테지만, 다음 싸움에는 이들 중 반절은 남아 있지 않을 터였다.

꾸욱.

가슴을 짓누르는 압박감에 가볍게 가슴을 손으로 누른 나는 이내 최대한 담담한 모습으로 주변을 둘러봤다.

"일단 최대한 정비를 해야겠네."

적은 감히 그 힘이 짐작도 되지 않는 마왕.

그런 상대라면 아무리 조심하고 아무리 준비한대도 부족하리라.

아직 골골거리는 슈타인이나 제논을 일으키고, 무슨 일인지 몰라도 잡혀 있는 게 분명한 아르덴을 풀어주게 하여 전력에 포함시켜야만 한다.

그리고 또한……

'될 수 있으면 그런 일이 없었으면 하지만… 벨라가 위험해질 경우를 상정해야겠지.'

만일 벨라가 위험해지는 상황이라면 사실상 우리 대부분이 위급한 상황이거나 죽은 이후일 테지만, 그럼에도 나는 이에 대해 미리 생각해 두지 않을 수 없었다.

'벨라의 목숨은 단 하나뿐이니까.'

나의 실수로 잃었던 벨라를 운 좋게 되찾은 지금, 다시 허무하게 그녀를 잃는 것은 나 스스로 절대 용납 못할 일이었다.

'우리가 위급하면 도망치라고 해야겠지.'

물론 벨라가 그냥 고개를 끄덕일 리 없었다.

하지만 그간 나와 함께 생활하며 내가 몇 번 죽었다 깨어나는 모습을 봤으니, 유저라서 되살아날 수 있다 설명하면 설득이 어렵지만은 않을 터였다.

'그래, 이렇게 쉬고 있는 동안 미리 말을 해둬야겠다.'

어수선한 분위기 속에서 모두가 우왕좌왕하는 지금.

나는 가장 중요하다고 생각되는 벨라와 관련한 문제를 정리하고자 카구투스를 뭉개놓고 그 주변에 옹기종기 모여 담소를 나누는 두 여자에게 다가갔다.

'조금 전에는 징그럽다고 그렇게 난리를 치더만…….'

어쩐지 긴장이 풀려 버리는 그녀들의 모습에 픽 하고 웃어버린 나는 압박감을 조금 던 얼굴로 걸음을 옮겼다.

아니, 옮기려 했다.

쿠구구구구—

"…무슨!"

갑자기 마구 떨리기 시작하는 성의 움직임에 나를 비롯한 모두가 자리에 멈춰 서고 경계 태세를 갖췄다.

그러자.

그그극… 그그그극…….

무언가 무거운 것이 끌리는 소리가 성 안 가득 울려 퍼졌다. 그 소리에 맞춰 바닥이 마구 뒤흔들리며, 우리는 균형을 잡기 위해 애써야 했다.

"뭐야, 이거. 대체…….."

도대체 무엇이 이토록 무겁고 무서운 소리를 낼 수 있다는 말인가.

어마어마한 소리에 바닥을 딛고 선 다리가 저절로 떨려

왔다. 우리가 지금껏 모여 있던 심처의 거대한 문 근처까지 다가오는 존재감이 눈에 보이는 것처럼 느껴졌다. 모두의 몸이 바짝 움츠러들었다.

그리고 마침내.

투콰아아앙!

쿵! 쿠구구궁!

거대한 폭음과 함께 치솟는 먼지구름. 하나 날아가는 거대한 문짝과 함께 허공을 가르는 풍압에 솟구치던 먼지는 어느샌가 생겨난 커다란 구멍으로 빨려 들어가 버렸다.

그리고 잠시 뒤, 엄청난 압력에 저도 모르게 질끈 눈을 감았던 우리는 문득 눈을 떴다.

부서진 문 틈새에는 새카만 어둠만이 존재했다. 그 안에서 몸을 일으키는 존재를 본 우리는 말을 잊고 벌벌 떨었다.

누군가의 입에서, 지금 이 순간을 단적으로 표현하는 욕설이 흘러나왔다.

"염병……."

그극— 그그극—

예의 무언가 끌리는 소리가 다시 한번 들려왔다.

곧이어 고막을 온통 갈아버리는 듯한 흉측한 목소리가

사방을 울렸다.

"이만 죽을 시간이다, 버러지들아."

짙은 어둠이… 거체를 드러내었다.

Chapter 2

밤바다

"우웨엑! 우웨애액!"

과도한 압력에 절로 욕지기가 치밀어 오르고, 내 뒤의 어딘가에선 토악질 소리가 들려온다.

팔과 다리가 떨려오고 숨을 쉬기조차 편치 않다.

가만히 있음에도 몸이 너무 무겁고 먹먹하고, 갑갑해 죽을 것 같았다.

조금이라도 몸을 비틀어 감각을 되찾고 싶었지만…….

우직— 우지직—

"으으… 끄으으으……."

그것이 마음대로 되질 않았다.

곳곳에서 압박으로부터 벗어나기 위한 이들의 신음이 울려 퍼지고, 지금껏 오연한 자세로 있던 파울의 얼굴 위로 작은 땀방울이 샘솟기 시작했다.

그리고… 분열은 의외의 곳에서 찾아왔다.

"이건… 너무 위험해."

나지막한 공포가 깃든 목소리.

파울이 데리고 온 다크엘프 전사 부대에서 흘러나온 목소리였다.

그것은 이곳이 이토록 무거운 분위기가 아니었다면 제대로 듣지도 못했을 만큼 아주 작은 소리에 불과했다.

하지만, 안타깝게도 모두의 신경이 곤두선 지금은 천둥만큼이나 큰 소리로 울려 퍼졌다.

자신이 공들여 키운 정예 전사가 싸워보기도 전에 그런 말을 했다는 것에 나름의 충격을 받은 탓일까, 파울은 전에 없던 황당한 눈길로 그의 부대를 쏘아봤다.

하지만 그 이름 모를 다크엘프 전사를 중심으로 퍼져 나간 분열의 파장은 이런 상황에서조차 웅성거림으로 바뀌어갔다.

"이건… 무조건 죽을 거야…….."

"망했어, 우린 다 죽었어!"

"살려줘……."

남부 다크엘프 숲의 무력을 대변하는 정예들의 입에서 나온 것이라곤 믿기지 않을 만큼 나약한 말들이었다.

단숨에 주변 모두의 사기를 떨어뜨리고, 벌벌 떨면서도 어떻게든 대항하려 하던 이들의 의지를 꺾어버렸다.

하지만 그들을 탓할 수만은 없었다.

그들은 어디까지 이곳의 주민들.

각자의 능력이 아무리 뛰어나다 한들 마왕인 심해왕에 비할 바겠는가. 그들의 존재는 마왕 앞에서는 한없이 작을 수밖에 없었다.

자신은 마왕이 다스리는 지역의 일개 부족 전사.

상대는 존재 자체로 죽음을 떠올리게 하는 남부의 지배자.

상대의 손짓 한 번에 사그라들 목숨을 위태롭게 유지하고 있는 상황이다.

이런 마당에 단 하나의 목숨을 가지고 이 세상을 살아가는 이들에게, 저런 괴물을 두고 겁먹지 말라고 하는 것은 너무 가혹한 처사였다.

'그래…… 이해 못할 것은 아니지. 다만 타이밍이 더럽게 나쁠 뿐.'

씁쓸한 미소를 내비친 나였지만 소리 내어 그들을 탓하지는 않았다.

만일 내가 저들의 입장이었대도 크게 달랐으리라 생각하기는 힘드니 말이다.

'특히나 저들로선 심해왕과 싸울 이유가 없으니 더욱 그런 기분이 들겠지.'

본디 저들의 임무는 갑자기 나타났다는 전 마왕의 후계자에 대해 알아보고, 될 수 있으면 그 대상을 응징하는 것까지다.

물론 마족이나 마수족의 전쟁에 끼어드는 것이 달가울 리 없을 터.

그들로선 나름 강함에 대해 자부심도 있었고, 그들 역사의 오점을 스스로 씻어낼 기회에 참여할 수 있다는 것에 전의를 불태우기도 했으리라.

하지만 그것은 상대가 제 힘을 갖지 못한 마왕의 후계자였을 때의 이야기였다.

그들로선 갑자기 뚝 떨어진 듯 나타난 벨라라는 엘프 때문에 심해왕이라는 절대적 존재와 싸우고 싶지 않을 것이다.

그리고 그것은 파울 역시 마찬가지였다.

'곤란하군…….'

자신이 단련시킨 전사들이 저렇게 약한 소리를 내뱉는 것에 화가 난 파울이었지만, 그 역시 이 상황을 이해 못하는 바는 아니었다.

실제로 그도 심해왕과 싸우고 싶지 않았다.

물론 단순히 다른 다크엘프 전사들처럼 약한 마음이 들어서 그런 것이 아니리라.

숲의 전사장인 자신이 심해왕과 대치한다는 사실 자체가 그가 심해왕에게 박살 나 죽든, 짓이겨져 죽든 간에 곤란한 결과를 가져올 수밖에 없다는 것을 알고 있기 때문이다.

'개인적으로는 아쉽지만…….'

자신의 강함이 어떠한지 마왕을 상대로 비교해 보고 싶은 마음과 그가 만난 희대의 천재 벨라가 더욱 성장하는 모습을 더 보고 싶었지만, 그의 욕심을 채우고자 부족을 위험에 빠뜨릴 수는 없었다.

그렇기에 그는 나름의 결단을 내렸다.

"탈출한다!"

그로선 자존심 상하는 일이었지만… 부족을 지키기 위해서는 어쩔 수 없었다.

물론 개인적으론 최소한 심해왕의 본모습이라도 확인하고 싶었다.

하지만 그가 여기서 실력을 드러낸다면 이곳에서 살아 돌아갈 수 있는 것은 서큐버스 퀸이나 파울 본인밖에는 없을 것이다.

그나마 아직 심해왕이 저 새카만 문 너머에서 본모습을 보이지 않은 지금이 탈출의 적기였다.

파울의 나지막한 외침은 정체불명의 땅 긁는 소리 이후 고요해졌던 성 안에 있는 모두에게 들릴 정도로 울려 퍼졌다. 그가 내린 의외의 명령에 모든 다크엘프의 눈이 동그랗게 떠졌다.

심해왕의 공포에 벌벌 떨면서도 파울의 눈치를 보던 다른 다크엘프들은 물론, 짧은 시간이었지만 누구보다 가까이서 파울을 봐왔던 벨라도 마찬가지였다.

특히나 파울의 성격을 누구보다 잘 알고 있는 그녀에게 있어서 그것은 정말 놀랄 만한 일이었다.

그러나 그것도 잠시, 그녀는 파울의 눈에 서린 분노와 굴욕감을 읽고는 이내 상황을 이해했다.

누가 뭐래도 그녀 역시 엘프였으니 말이다.

엘프는 오래 살고 뛰어난 능력을 지닌 만큼 손이 귀한 종족이었다. 만일 그들이 인간처럼 금방 번식할 수 있었다면 대륙은 온통 엘프 천지였을 것이다.

결국 씁쓸한 미소를 지은 벨라는 자신을 향해 안타까운 시선을 보내는 파울을 뒤로하고 떨리는 발을 옮겨 제로의 곁에 섰다.

"…위험해지면 바로 튈 준비해."

"으음, 봐서."

걱정과 불안이 담긴 목소리에 장난기 어린 미소로 답하는 벨라였다.

나는 그녀다운 대답이라고 생각하는 한편, 역시나 불안이 앞설 수밖에 없었다.

"바보야, 이번엔 정말 위험해. 오늘은 구해주지 못할 수도 있다고."

"제로도 참, 나 여태 놀고 있던 거 아니라고, 오늘은 절대 붙잡히지 않을 거야."

그간 위험한 상황에 걸림돌이 된 것을 아직까지 마음에 담아두고 있는 벨라는 이 싸움에서 절대 물러날 기색이 보이지 않았다.

만일 이 싸움이 끝까지 간다면 그녀의 목숨이 위태로울 것이 분명함에도……

"나 이번에는 잃어버릴 생각 없어."

"응?"

"그렇게 알고나 있어."

나는 나 스스로에게 다짐하는 한편, 벨라에게 통보하듯 말을 던지고 이내 시선을 돌렸다.

"그나저나… 저 사람들은 어떻게 못 꼬시나? 같이 싸

우자고."

절레절레.

나름 긴장을 풀어볼 생각으로 중얼거린 말이지만 벨라
는 무겁게 고개를 저었다.

이미 슬금슬금 엉덩이를 빼기 시작한 다크엘프들을 보
면서 아쉽다는 듯 혀를 찬 나는 어째선지 아직까지 분위
기만 잡을 뿐 모습을 드러내지 않는 심해왕을 기다렸다.

그 순간.

투콰앙!

퍼어어억!

아까와 똑같았다.

다만 조금 다른 점이 있다면, 아까 날아간 것은 심처를
가로막던 문짝이었고, 지금 날아간 것은 그보다 훨씬 연
약한 다크엘프였다는 것뿐.

검은 문틈으로부터 무언가 기다란 것이 쏜살같이 뻗어
나와 순식간에 다크엘프 전사 하나를 날려 버리는 일련의
과정을 채 눈으로 쫓지도 못한 모두가 황당한 표정을 지
었다.

그중에서도 가장 황당한 얼굴을 하는 것은 당연히도 파
울이었다.

자존심을 접고 부족의 미래를 위해 도망을 위한 만발의

준비를 마친 이때, 느닷없이 쏘아져 나온 정체불명의 공격에 단번에 부족의 전사 하나를 잃었으니 그럴 만도 했다.

풀썩!

한참 동안이나 허공을 날던 다크엘프 전사가 바닥에 아무렇게나 굴러떨어지는 소리가 들렸다.

그러나 파울은 그쪽을 돌아보지 않았다.

단순히 그 전사가 맨 처음 공포 섞인 나약한 말을 내뱉었던 녀석이라 그런 것은 아니었다.

그저 그쪽을 볼 필요가 없었을 뿐.

'즉사했군.'

그의 눈앞으로 정체불명의 물체가 지나간 순간, 그리고 그것에 맞는 부족 전사의 소리를 듣는 순간, 파울은 그 결과가 어떨지 알 수 있었다.

바닥에 떨어진 전사는 지금쯤 그 형체도 거의 남아 있지 않을 테고, 그를 알아볼 수 있는 것은 고작해야 그가 소지하고 있던 전사의 명패 정도뿐일 것이다.

물론 그것조차 조금 전 충격으로 부서지지 않았다는 조건하에……

흰자위가 시뻘겋게 변한 파울이 고개를 들어 심해왕에게 물었다.

"심해왕……. 우리는 분명 부족으로 돌아갈 것이라 말했소. 그런데 이러한 처사라니……. 그대는 우리 다크엘프족을 적으로 돌리고자 한단 말이오?"

떨림이 느껴지는, 무거운 목소리에 모두가 침묵했다.

그리고… 답변 대신 조금 전 파울의 퇴각 신호에 가장 기뻐했던 또 다른 다크엘프가 자리에서 사라졌다.

와드득— 꽈즈즉!

검은 무언가가 눈앞을 스쳐 지나간다 느낀 직후, 문 안쪽에서부터 들려오는 끔찍한 소리.

살점이 찢어지고 뼈가 바스러지는 소리에 모두가 전율할 때, 문 너머의 심해왕이 입을 열었다.

"약한 놈은… 필요 없지."

그그그극—

다시 한번 문 너머로부터 바닥 긁는 소리가 울려 퍼졌다.

와작.

간만에 느껴보는 신선한 피의 맛, 왕의 자리에 오른 이후 마력과 그를 이루는 근간인 물만 있으면 아무 불편을 느끼지 못했던 심해왕에게 있어 그것은 꽤나 그리운 감각이었다.

'그래도 별로 입에 맞지는 않는군.'

꽈지직!

그저 약해빠진 것이 자신의 영토에 있다는 불쾌감에 손을 썼을 뿐이지만, 그는 습관처럼 살점을 입으로 밀어 넣었다.

축축하고 비릿한 느낌.

너무도 오랜 시간 입에 무언가를 넣어보지 않은 탓일까, 그것은 그리움을 주는 동시에 불쾌함을 안겨주기도 했다.

심해왕은 스스로의 생각에 격하게 동의했다.

너무 오랜 시간이었다.

너무도 가혹한 시간이었다.

왕의 책무라기엔 너무 무거운 짐이었다.

이곳의 옥좌에 앉아 왕이 된 것을 후회한 것이 도대체 몇 번이던가.

그의 거대한 신장에 어울릴 만큼 높고 넓은 성이었지만 왕이 되기 전, 대륙과 대양을 가리지 않고 휘젓고 다니던 그에게 있어 이곳은 너무도 작은 새장과 같았다.

아니, 과연 휘젓고 다니던 시절은 실재하던 것일까? 피로 물든 바다와 피에 젖은 흙을 집어삼키던 그 순간은 과연 진짜 기억일까?

모든 것이 너무도 흐릿했다. 마치 조금 전 피를 마셨을 때처럼, 그것은 그리움과 동시에 낯설음을 안겨주는 흐릿한 기억들이었다.

그러나 그런 몽롱함 속에서도 단 한 가지만은 잊지 않았다.

치덕.

손끝에 묻은 피와 살점을 얼굴에 문대는 이 감각.

살점을 찢고 산 자를 도륙하는 감촉.

오직 그것만이 심해왕에게 있어, 왕 이전에 자신이 존재했음을 기억하게 하는 얼마 안 되는 선명한 기억이었다.

'조금 더…….'

피를 느끼고 싶다.

곰팡이와 이끼로 물든 오래된 옥좌로부터 멀어질수록 그 감각은 더욱 선명해져 간다.

그러나 동시에 모순을 느낀다.

'이 불편함은 무엇이란 말인가?'

옥좌에서 멀어질수록, 마신으로부터 받은 명령에서 멀어질수록, 그는 극도의 권태와 그로 인한 불편을 느끼고 있었다.

그리고 그만큼이나 강렬한 해방감을 느끼고 있었다.

문 밖에 있을 벌레 같은 녀석들을 향할수록 귀찮음에 온몸이 무거워지고, 감각이 무뎌져 갔다.

하지만 아직 채 마르지 않은 손끝의 핏물은 문 밖으로 향하는 그의 몸에 흥분을 전해주고 있었다.

'어떻게 해야 할까?'

왕이 되기 이전의 그와, 왕이 된 이후의 그가 마음속 깊은 곳에서 치열한 전쟁을 벌인다.

양쪽 모두 같은 존재지만 그 둘이 내비치는 사명감은 확연히 다르다.

찢고, 죽여라. 그리고 먹어라.

투쟁심이 끓어오르고, 피를 갈구하는 손끝이 저릿한 감각을 보내온다.

하지만 그 반대편엔 스스로도 이해할 수 없는 침착한 자신이 스스로를 제어한다.

마치 그것만이 절대적인 사명인 것처럼, 그것이 스스로의 존재 이유인 것처럼.

혹은… 마왕 이전의 심해왕이라는 것이 누군가 꾸며낸 기억이었던 것처럼……

알 수 없는 구속감이 심해왕이란 존재를 옥좌에 묶어두

고 있었다.

그리고 이때.

와글와글.

'소란스럽군.'

그의 깊은 내면의 전쟁을 방해하는 소리가 들려왔다.

아니, 정확히 말하자면 소리는 아닐 것이다. 그들은 조금 전 먹어치운 벌레의 죽음에 입을 꾹 다물고 있었으니 말이다.

그러나 그의 귀에는 그들의 고동치는 심장 소리와 거칠은 숨결이 너무도 크게 들려왔다.

마치 벌레의 날갯짓과 같은 가벼움, 그리고 귀찮음.

'버러지 같은 것들……'

날벌레들의 거칠은 숨소리와 왱알거리는 항의 소리가 격한 짜증을 불러일으켰다.

이윽고, 생각을 정리한 심해왕이 그의 거체를 조금 더 옥좌로부터 떨어뜨렸다.

'이 정도는… 마신께서도 이해하실 것이다.'

그극— 그그극—

내면 깊은 곳에서 흥분을 합리화하는 생각과 함께.

그는 완전히 어둠으로부터 모습을 드러냈다.

◈　　　　◈　　　　◈

"이거… 이상합니다."

"젠장! 나도 알고 있어!"

무엇이 잘못된 것일까.

너무도 뛰어난 인공지능이 문제였을까, 아니면 특수한 상황이나 비모니터링 상태에서 변별력을 주기 위해 부여한 일부의 자율권이 문제였을까.

시커먼 어둠으로부터 모습을 드러내는 심해왕의 거대한 몸체를 보면서 박중혁 부장은 생각했다.

'젠장할! 미리 통제에 들어갔어야 했는데!'

심해왕의 심복들이 튀어나왔을 무렵, 그는 애초에 그 정도 선에서 제로를 충분히 막을 수 있을 거라 생각했다. 때문에 더더욱 심해왕에게는 크게 신경을 쓰지 않았다.

비록 제로의 동료인 여자 마법사가 죽긴 했지만 유저인 그녀는 부활의 이능이 있었다.

제로의 소환수인 엠페러나 다크엘프족과 함께 있던 벨라도 그렇게 위급한 상황이 아니었다.

만일 그들이 곤란에 빠진다고 하더라도 제로로부터 사람들의 시선이 떨어져 나가면, 박중혁 부장 스스로도 아들을 위해 남몰래 힘을 써줄 자신도 있었다.

조금 골치를 썩기야 하겠지만 자신이 만들고, 자신이 인도한 세상에서 자식이 친구를 잃고 괴로워하는 꼴은 보고 싶지 않았다.

그런 생각을 하며 아들의 고군분투를 감상하던 박중혁 부장에게 윗선으로부터의 지시가 온 것은 우연이 아니었다.

전 세계로부터 메가 히트를 기록하고 지금까지도 공전절후의 기세로 새 역사를 써나가는 리버스 라이프였지만, 그들은 더 많은 것을 바랐다.

이 상황을 최고의 호재로 여긴 윗선에서는 이 상황을 관전하고 있던 이들을 모두 소집했고, 게임사(史)의 혁명적 사건을 최대한의 이익으로 만들기 위해 그들을 굴리기 시작했다.

자신들이 만든 게임에서 일어나는 대사건을 여유롭게 구경하지 못한다는 것에 많은 이들이 불만을 표했지만, 반항하는 사람은 없었다.

결과만 말하자면, 애당초 그것들은 해야만 할 일이었다. 더욱이 일의 양이 많을 뿐, 어려운 일도 아니었다.

최종적으로 이런 일이 자신들이 만들고, 운영하는 리버스 라이프의 세계에 도움이 된다는 것을 알고 있었기 때문이다. 그렇기에… 모두가 바쁘게 뛰어다녔다.

그리고 그사이. 아주 잠깐, 모두의 시선이 떨어져 방치된 사이. 상황은 일어날 수 있는 가장 안 좋은 쪽으로 흐르고 있었다.

"젠장할, AI 조종기를 너무 믿는 게 아니었어!"

그야말로 눈 뜨고 코를 베여 버린 박중혁 부장의 한탄이 주변을 수놓았다.

아주 잠깐, 고작해야 현실 시간으로 십 분이 될까 싶은 정도의 시간이었건만.

박중혁 부장의 기대는 완전히 어긋나 버렸다.

비록 게임상에 무한정 영향을 끼칠 수 없는 운영진들이지만, 게임의 주축이 되는 인공지능에 다양한 감정이나 사명을 부여하는 그들의 AI 조종기는 완벽은 아니지만 거의 완벽에 가깝게 NPC를 통제할 수 있었다.

그렇기에 박중혁 부장은 방심하고 만 것이다.

그동안은 너무도 완벽했기에!

'AI 조종기는 완벽에 가까웠지만… 인공지능은 완벽했다. 그 차이가 설마 이런 결과를 가져올 줄이야…….'

조종기에 의해 설정된 심해왕의 역할은 마계에 바지 사장으로 군림하다 게임 내 이벤트나 유저들의 성장을 도모할 때만 반짝 활용하기 위한 일종의 장기말 역할.

명령이 있기 전까지는 자리를 벗어날 수 없고, 벗어나

서도 안 되는 존재였다.

그런데 어째서?

유저들이 직접 문을 열고 들어오기까지 절대로 자리를 벗어나지 못하도록 설계된 심해왕은 이미 자리를 벗어나 문 앞의 유저들 앞에 모습을 드러냈고, 그 커다랗고 흉측한 얼굴에 보기 싫은 흉소를 띤 채 비명을 지르는 유저들을 훑어보고 있었다.

"젠장! 젠장!"

쾅!

애꿎은 책상에 금이 가고, 박중혁 부장의 분노를 감지한 지근거리의 사람들이 급히 무언가 일하는 '척'을 하기 시작했다.

그렇다. 일하는 '척'이다.

게임 내의 일에 직접 개입하는 것이 불가능한 그들로서는 당장 서버를 내리고 시스템의 오류를 수정하는 게 아닌 다음에야 그저 흘러가는 사건을 지켜보는 것밖에는 할 수 있는 게 없었다.

윗선에서 시켰다는 일이야 몇몇이 땀 흘리고 있을 뿐, 박중혁 부장 주변의 초고급 인력들은 이미 할 일을 다 마친 상태.

고로 지금 일하는 것은 보여주기 위한 '척'일 수밖에

없었다.

'만일 지금 개입하려 한다면 시드 쪽에서 가만히 있지 않겠지.'

게임 속 모든 인공지능과 세상의 조율을 맡고 있는 메인 컴퓨터 시드, 그것은 그 자체로도 뛰어난 인공지능을 가진 존재로 리버스 라이프의 세상일에 있어서는 언제나 엄격하고 합리적인 판단을 하는 존재였다.

신이라는 이름을 사용하여 저 상황에 끼어든다면 어쩌면 심해왕의 움직임을 막을 수 있을지도 모르지만… 그것은 시드에게 밉보이는 일이다.

즉, 다시 말해 그런 일을 했다가는 앞으로 리버스 라이프를 운영하는 데 막대한 부담이 생길지도 모른다는 의미였다.

'물론 여기서 차라리 심해왕이 별다른 짓을 못하고 죽어버린다면 괜찮겠지…….'

심해왕이 죽어버린다면… 그냥 그것으로 끝이다.

마계의 새로운 왕을 다시 한번 만들고, 이전의 심해왕이 하던 일을 그대로 계승시키면 되는 일이다. 그것이 가장 이상적인 결말이었다.

…그러나 그것은 그야말로 꿈과 같은 이야기였다.

스스로가 생각하기에도 괴랄하기 짝이 없는 능력치와

마계의 한 지역을 완벽하게 독립 운영하기 위해 부여한 막강한 '권능'.

그것은 사실상 심해왕을 무적에 가까운 존재로 만들고 있었다.

물론 그런 특별한 권능이 있었기에 이렇게 마계의 한 지역에 인간이 대거 유입되었음에도 다른 지역의 마족이나 마왕이 전혀 신경을 쓰지 않게 할 수 있었지만… 지금만큼은 가장 불필요한 능력이었다.

'젠장, 마음 같아선 그냥 마신으로 접속해서 신탁이라도 때려박고 싶은데!'

박대로의 아버지이자 게임의 개발자로서, 게임을 플레이하는 유저들을 지극히 아끼는 박중혁 부장은 당장이라도 깽판을 치고 싶은 마음이 굴뚝같았다.

하지만… 사안이 조용히 처리할 수 있는 범위를 넘어선 지금, 총괄 디렉터라는 그의 위치가 발목을 잡았다.

단지 권능 하나를 봉인하는 것뿐인데도!

'…방법이 없다.'

끼익.

자신의 생각이 헛된 망상임을 누구보다 잘 알고 있는 박중혁 부장은 이내 몸을 의자 등받이에 깊게 밀어 넣었다.

그리고 일평생 믿지 않던 신을 향해 두 손을 모았다.

"이젠 기도할 수밖에 없지……."

"예?"

"멍청아! 너도 일하는 척하지 말고 빨랑 기도나 해!"

"…예?"

박중혁 부장은 계속해서 멍청한 표정으로 되묻기만 하는 부하 직원을 향해 크게 인상을 썼다.

그리고 이내 무신론자인 그가 눈치를 보다 합장을 하는 모습을 보고 나서야 험악한 얼굴에 작은 미소를 띠며 흡족한 표정을 지었다.

"그래, 기도하는 수밖에… 저 녀석이 더 큰 사고를 치지 않기를……."

소중한 아들이 자신이 만든 세상에서 상처받는 일이 없기를.

그는 간절히 기도했다.

높다.

그것이 표현하는 가장 쉬운 방법일 것이다.

크다.

그것을 직역하기에 부족함이 없는 말일 것이다.

그러나 그보다 이것을 자세히 표현하고자 한다면…….

고오오오오.

"밤바다가 다가오는 것 같군."

이게 가장 정확하리라.

밤의 어둠을 품은 바다가 달빛을 반사시키며 일렁거리는 것처럼, 마치 환상과도 같은 검고 아득한 무언가가 우리를 향해 다가오고 있었다.

그극— 그그극—

물론 고요한 밤바다와는 달리 귓전을 때리듯 들려오는 아주 묵직하고도 이질적인 소리가, 지금 다가오는 어둠이 얼마나 큰 위험을 내포하고 있는지 알려주고 있었다.

하지만 그럼에도 그 신비한 모습에서 도저히 눈을 뗄 수 없었다.

"그나저나… 대체 저걸 무슨 생물이라고 해야 할까…….."

나는 허탈한 눈으로 '심해왕'을 바라보았다.

우리의 눈앞으로 덩치만큼 둔하게, 그러나 그 속도만은 빠르게 다가오고 있는 심해왕이란 존재는 그가 풍기는 분위기와 달리 도저히 몇 가지 단어로 정의할 수 없는 외견을 지니고 있었다.

상체의 양옆으로는 제멋대로 가닥가닥 튀어나온 다리들이 있었다. 그리고 그 다리들의 가장 윗줄에서 뻗어나온 굵다란 것은 어쩐지 그것이 팔이라는 것을 짐작할 수 있게 해주는 손가락이 붙어 있었다.

그의 양팔에는 마치 봉인이라도 되어 있는 것처럼 거대한 못이 박혀 있었다.

어깨와 팔꿈치, 손목 부위에 규칙적으로 수십 개가 박혀 있었는데, 규칙과는 거리가 먼 팔의 배치 탓인지 그 규칙성이 오히려 기괴함을 증폭시키는 듯했다.

뿐만 아니라 그의 거대한 몸을 이끄는 하반신은 벽화에서 봤던 물고기의 모습이 아닌, 뱀의 형태였다.

하반신의 피부는 보기에도 흉측한 울퉁불퉁한 돌로 되어 있었다.

아까부터 계속 들려오던 그극그극, 하고 무언가 긁어내리는 듯한 소리는 바로 그 하반신이 성 바닥에 끌리며 커다란 흔적을 남기는 소리였던 것이다.

마지막으로 이 괴물의 정점, 고개를 한껏 젖혀야만 올려다볼 수 있는 그의 머리는 이질적이게도 짐승의 두개골을 갖다 붙여놓은 듯한 모습이었다.

뻥 뚫린 코며 눈 같은 구멍으로 하얀 김이 조금씩 흘러나오고 있었다.

결론적으로 도저히 인세에 볼 수 없는 끔찍한 모습이었다. 그 외견만으로도 가히 마계의 왕이란 말이 어울릴 지경이었다.

"…저런 엄청난 게 눈앞을 지나갔는데도 제대로 보지 못했던 건가?"

거대한 위용을 자랑하는 심해왕의 팔을 관찰하다가 문득, 녀석의 밤바다처럼 검은 손끝에 이질적인 빨간 액체가 묻어 있는 것이 눈에 띄었다.

나는 그것이 바로 조금 전 다크엘프 하나를 단숨에 짓이긴 손이었음을 깨달을 수 있었다.

"……."

'젠장, 역시 움직일 수가 없나.'

무언으로 우리 모두를 내려다보는 심해왕의 압력은 가히 마왕이라는 이름에 걸맞는 것이었다.

그저 마주 보고 있을 뿐인데도 불구하고 몸을 전혀 움직일 수도 없었고, 그냥 잠깐 전까지만 해도 스스로 저런 것을 상대로 싸울 생각을 했다는 것 자체가 어처구니가 없을 정도였다.

'마치… 불새를 봤을 때 같네.'

그때도 지금과 마찬가지로 초월적 존재의 화려한 등장에 매료된 듯 움직일 수 없었고, 한참 뒤에서야 공포를 자각하고 떨리는 몸으로 시야에서 벗어날 수 있었으니 말이다.

'그 말은 조금 시간이 지나면 어느 정도는 움직일 수 있다는 의미겠지.'

물론 나라는 존재에 털끝만큼도 관심없던 불새와 달리, 심해왕은 살기등등한 모습으로 우리 모두를 내려다보고 있었다.

아마 그런 만큼 차이가 있을 테지만, 지금 이 현상이 게임의 시스템에 의한 것이라면 결국 시간이 해결해 줄 문제였다.

"그래, 살육에 이런 모습은 어울리지 않지……."

부르르르.

모두가 훅 끼쳐 오는 소름에 몸을 떨었다.

아주 깊고… 어두운 목소리였다.

감히 목소리의 주인과 마주함을 꾸짖기라도 하는 듯 절로 고개가 숙여지는 위압감이 녹아 있는 목소리였다.

그러나 그 목소리에는 알 수 없는 한숨이 녹아들어 있었다.

듣기에 따라 모든 것을 달관한 한숨처럼, 혹은 닥쳐올 흥분감에 고양된 달뜬 숨소리로 들리기도 했다.

그리고 그게 어느 쪽이든 간에 단 한 가지는 확실히 알 수 있었다.

'위험해……!'

고오오오.

꿈틀.

처음엔 피가 묻어 있던 손끝이었다.

슈르륵.

마치 몸의 일부라도 되는 양 묻어 있던 피는 단숨에 녀석의 몸으로 흡수되어 버렸고, 밤바다에 어울리지 않는 이질적인 붉은빛은 혈관을 타고 오르는 것처럼 심해왕의 거대한 몸을 활개치며 돌아다녔다.

그로 인한 변화의 첫 시작은 흉측한 다리가 붙어 있던 몸에서부터였다.

후두둑!

촤아아악!

핏물이 옆구리와 상체를 타고 흐르자, 몸에 마구잡이로 뻗어 있던 팔들이 바닥에 떨어지며 거대한 물웅덩이로 변해 버렸다.

팔을 타고 오르자 각 관절에 꽂혀 있던 대못들이 녹아들며 자취를 감추었다. 잡아 뜯어 억지로 붙여놓은 것처럼 비대칭으로 어깨보다 낮은 곳에 위치해 있던 양팔이 위로 솟구쳐 수평을 이뤘다.

뿌드득, 우직!

그리고 마침내 핏물이 머리에 이르자…….

콰지지직!

그 거대한 두개골의 양옆으로 마치 황소의 뿔과 같은, 그러나 그것보다는 훨씬 두텁고 기다란 뿔이 자라났다.

쿠오오오오!

그 변화를 끝으로 심해왕의 몸은 구체화되기 시작했다.

조금 전까지 밤바다와 같이 고요하게만 보이던 몸은 물이 아닌 팽팽하고 강인해 보이는 검은 살결로 변화하였다. 그리고 어느샌가 다시 모습을 드러낸 대못들이 양 어깨에 삐죽 튀어나왔다. 갑주를 입은 것처럼.

마치 지금까지는 장난이기라도 했다는 듯, 종전의 위압감이 권태로 느껴질 만큼 강렬한 기세의 변화였다.

"죽을 준비는 되었는가?"

"말도 더럽게 무섭게 하는구만……."

부르르르.

인지하지도 못한 사이, 어느새 머리에 뒤집어쓴 두개골 역시 검은색에서 흰색으로 변화했다. 완전히 짐승의 머리 모양을 한 심해왕의 살해 예고에 모두는 몸을 떨 수밖에 없었다.

그리고 조금 안심했다.

'…어째선지 아까보다는 움직일 만해.'

어째서였을까.

분명 바뀐 외형의 심해왕은 처음 모습을 드러냈을 때보다 훨씬 흉포한 기세를 뿜어내고 있었다.

마치 폭력의 근원, 힘의 종주라도 된 듯 무시무시한 기세가 넘실거렸다.

물결과도 같이 일렁이던 몸은 두툼하고 새카만 근육으로 가득 찼고, 마치 봉인되어 있던 것만 같던 팔도 자유로운 모습으로 날카롭고 강인한 모습을 드러냈으며, 검은 짐승처럼 보이던 머리는 짐승의 백골로 치장한 무서운 모습으로 탈바꿈했다.

하지만 어째선지… 처음과 같은 느낌은 아니었다.

'처음 마주쳤을 때는 숨 쉬는 것조차 괴로웠는데 말이지.'

내가 처음 심해왕으로부터 느낀 공포는 불새를 보았을 때 느꼈던 절대적인 존재로부터의 근원적 공포였고, 그것은 나를 완전히 자리에 잡아두었다.

하지만… 지금의 심해왕의 모습은 사뭇 달랐다.

굳이 비교를 하자면 금모원왕이나 지하악왕……. 혹은 일전의 점액 괴물과도 같은 느낌이 들었다.

그 셋 역시 무시 못할 강대한 존재들이었고, 다시 생각해 봐도 과연 그때처럼 싸울 수 있을까 싶을 만큼 무서운 존재들이었다.

그러나 그것들은 불새와는 달리 움직이지 못하거나 숨 쉬기 힘든 공포를 느끼게 하지는 않았다.

다만 흉포하고 무서운 기세에 쫄게 되었을 뿐.

이러한 차이는 사실 리버스 라이프의 세상을 구성하는 중요 요소였다.

즉, NPC와 몬스터의 역할을 동시 수행하는 존재와 온전히 몬스터로서 구성된 존재의 차이라고 할 수 있었다.

하지만 이런 세세한 정보를 모르는 나로선 그저 감각적으로 심해왕의 변화를 느낄 뿐이었다.

그리고 이런 감각이 바짝 얼어붙어 있던 나를 깨웠다.

"어쩌면……."

이제야 온기가 감도는 몸에서 열기가 새어나가기라도 할까, 그 누구에게도 들리지 않을 만큼 작게 중얼거렸다.

"어쩌면……."

화면 밖의 박중혁 부장도 마찬가지로 중얼거렸다.

확신은 할 수 없었다.

조사를 해봐야만 단언할 수 있었다.

하지만 직감적으로 무슨 일이 벌어진 것인지 박중혁 부장은 파악할 수 있었다.

지금의 심해왕은 스스로의 욕구에 못 이겨 마왕으로서 받은 사명을 벗어났다. 그에 따라 심해왕이 가지고 있던 존재의 격이, 마왕이라는 지고의 존재에서 마왕급의 몬스터로 한 단계 격하된 것이었다.

그리고 이는 시스템 상에서 엄청난 차이를 이끌어내고 있었다.

'이렇게만 된다면…….'

격이 떨어졌을 뿐 여전히 마왕의 직책에 발을 걸치고 있는 만큼 그 능력이 어디 가지는 않겠지만, 인공지능 시드의 엄격한 기준은 격이 떨어진 존재에게 쉬사리 권능을 허락하지 않을 터.

권능을 아예 사용하지 못하는 것은 아닐 테지만 그 힘에 분명 제약이 따를 가능성이 컸다.

끼익.

"후우……. 인공지능이란 것도 다시 생각해 봐야겠군."

깊은 한숨과 함께 다시금 의자에 몸을 뉘인 그의 회한 섞인 중얼거림이었다.

'인공'의 한계를 벗어나지 못하고 결국 그의 손안에 있음을 자부하던 것들이, 어느새 그가 짜놓은 틀을 모두 벗어나 있었다.

심해왕의 돌발 행동은 물론이고, 지금 화면 속에 보이는 모습까지……. 어느 것 하나 그의 예측대로 되는 것이 없었다.

"그러고 보면… 예측대로 되지 않는 것은 대부분 저 녀석이랑 연관 있었지, 아마?"

제 애비가 반평생을 고생해서 만든 것들을 저렇게 마구잡이로 부수고 다니다니……. 정말 속 썩이는 자식이 아닐 수 없었다.

'뭐, 부쉈다기보다는… 제멋대로 사용했다고 해야겠지.'

결과적으로 망가진 것이 아니라 다른 형태의 길을 보여 준 것들이었으니 말이다.

그런 결론에 저도 모르게 쓴웃음을 지은 박중혁 부장은 이내 자포자기한 말투로 응원을 보냈다.

"그래, 그게 니가 사는 방식이지. 제멋대로 날뛰어 봐라. 아빠가 다 수습해 줄 테니."

그러자 그 말에 응수라도 하듯, 눈앞의 그림이 급박해지기 시작했다.

◈　　　　◈　　　　◈

쿠콰아아앙!

"젠장! 정말 이런 괴물이랑 싸우려고 했던 거야?!"

"멍청아, 불평할 시간에 힘이나 좀 더 써 봐!"

"이미 전력을 다하고 있다고!"

누군지 모를 바이저스 길드원들의 대화였지만, 그들의 목소리는 바로 옆에 붙은 서로에게만 들릴 뿐 다른 사람들에게는 닿지 않았다.

아니, 닿을 수가 없었다.

"크하하하! 재미있구나! 즐거워! 이 얼마나 기분 좋은 일이란 말인가!"

콰과과광!

크가가가각!

주변은 온통 심해왕의 흉소와 광기 어린 목소리로 가득 차 있을 뿐 아니라, 그가 날뛰며 부숴 버린 성의 잔해들이 온통 주변을 시끄럽게 하고 있었기 때문이다.

그러니 소리가 닿지 않을 수밖에.

'바이저스 길드……. 막을 수 있을 거라고 생각 못했는데 말이지.'

조금 전 심해왕의 꼬리가 스쳐 지나간 곳.

그곳엔 타원형의 은빛 보호막 속에 온몸을 잔뜩 웅크린 바이저스 길드원들이 모여 있었다.

"우오오오오! 기간티이이이이익!"

그 보호막의 선두에는 아까까지만 해도 바닥에서 골골 거리던 백광의 전사 제논이 무언가 기술명을 외치며 두 개의 무기를 교차하고 있었다.

그리고 그 뒤로는 백염의 마도사 슈타인과 바이저스 길드원들이 몸을 밀착시키고 마치 제논을 앞으로 밀어내듯 힘주어 기울이고 있었다.

'저게 2차 피니시 무브인가?'

일전에도 봤지만 길드 간부인 제논의 피니시 무브는 파티원, 길드원들의 힘을 모아 발동하는 방식으로 보였다.

그만큼 스킬 발동에 여러 큰 제약이 있겠지만, 그럼에 도 불구하고 발동만 하면 마왕군의 지휘관급 몬스터를 순 식간에 도륙할 만큼 강력한 위력을 내뿜는 기술이었다.

그런 기술을 가진 제논의 2차 피니시 무브이니, 저것이 발동된 이상 심해왕의 눈먼 공격에 당할 일은 없을 듯싶 었다.

'물론 살아남는다 뿐이지 반격은 엄두도 못낼 것 같지 만…….'

심해왕은 마치 날파리를 잡는 듯 뿔뿔이 흩어진 다크엘프들을 향해 손이며 꼬리를 휘저으며 공격해 댔다.

하지만 그것에 휩쓸린 군중들은 물론이거니와, 공격에 닿을 때마다 흐릿해지는 제논의 보호막이 눈에 들어왔다.

어쩐지 여기서 가장 먼저 죽게 되는 것은 어쩌면 다크엘프들이 아닌 바이저스 길드일지도 모른다는 생각이 들었다.

'물론 내 코가 석 자긴 하다만……'

심해왕은 아까의 대화나 행동에서 무언가 마음에 안 드는 것이 있었는지 장난감이라도 되는 양, 다크엘프들을 가지고 놀고 있었다. 하지만 그의 공격에 스치는 것만으로도 목숨이 위태로운 나로서는 매 순간이 살얼음판을 걷는 기분이었다.

부우우웅!

"크으으……!"

'그래도 이대로 포기할 수는 없지!'

주먹의 풍압에 몸이 휩쓸려 가는 기묘한 경험을 하면서도 아직 전의를 잃지 않은 나였다.

애당초 이런 상황은 이 싸움에 발을 들인 순간부터 예상하고 있던 바였다.

오히려 이만하면 다행이라고 생각될 만큼, 처음 나타났

을 때의 그 어마어마한 심해왕과 싸우지 않게 된 것에 감사할 정도였다.

'그래, 이 정도라면… 할 수 있어!'

비교를 하기엔 조금 초라하지만 이미 여럿의 초거대 보스 몬스터들을 상대로 싸우고, 겪어온 내가 아닌가.

평범한 유저들과는 성장 방식 자체가 다른 나였기에 조금이지만 이런 거대한 적들을 상대해 본 노하우가 있었다. 나 말고도 우리 일행들 모두 그런 괴물들과 싸워본 경험이 있었다.

'뭐, 실제로 전투를 한 건 나랑 엠페러이긴 했지만… 그래도 경험이란 건 중요하니까 말이지.'

최소한 심해왕의 위압감에 눌려 이러지도 저러지도 못하고 구석에서 바이저스 길드의 보호막에 들어갈 타이밍만 노리고 있는, 포로로 잡혀온 녀석들보다는 훨씬 나았다.

〔아크로비틱 발동!〕

'정말이지 뭐 하고 있는거람.'

알록달록 형형색색의 옷을 입은 녀석들이야 그렇다치더라도, 마찬가지로 바이저스 길드의 간부인 아르덴이나 순백의 기사마저 저러고 있는 것은 그리 이해가 되지 않았다.

아무리 저들의 의지와 상관없이 끌려온 처지라곤 하지만 어차피 싸우지 않으면 몰살당할 것이 뻔한데도 저렇게 찌그러져 있다니?

나는 그들 쪽을 흘끔 바라보며 내심 혀를 찼다.

"오히려 여주 쪽이 훨씬 낫군."

"메가 파이어! 커스드 윈드!"

푸화화확!

화아아아아악!

구석에 모여 있는 군상들을 쳐다보다 고개를 돌린 그곳엔, 놀랍게도 심해왕에게 다채로운 마법을 시전 중인 나여주가 있었다.

비록 심해왕이 일으키는 풍압이며 기세에 이전과 같은 강력한 조합 마법은 사용하지 못하고 있지만, 나여주는 자신이 할 수 있는 최선의 방법으로 골드며, 포션을 아끼지 않고 마구잡이로 마법을 난사하고 있었다.

물론…….

"흥!"

피시시식.

심해왕의 콧김 한 방에 바람 빠지는 소리를 내며 사라

지거나.

파앙!

긁적긁적.

간혹 몸에 닿더라도 무슨 일이 있었냐는 듯 손가락으로 긁는 제스처를 하는 것으로 끝났지만 말이다.

'그나마도 저게 얼마나 갈 수 있을지 모르겠군……'

나여주가 기세를 타서 마구잡이로 마법 공격을 하는 중이기는 했지만, 사실 걱정이 많이 됐다.

지금이야 흥이 오른 심해왕이 다크엘프들을 상대로 장난기 뚜렷한 헛손질을 해 대고 있으니 마법 공격을 할 기회가 있는 것이지, 만일 심해왕이 다크엘프들에게서 흥미를 잃거나 저들을 모두 죽이기라도 하는 날에는 꼼짝없이 어그로 1순위가 될 판이었다.

'이미 한 번 죽었던 녀석인데… 하루 만에 두 번씩이나 죽게 할 수는 없지.'

불과 몇 시간 전에 어처구니 없는 기습으로 나여주를 한 번 죽음에 이르게 했던 바, 이미 성을 들어오면서 다시는 허무하게 친구와 동료를 잃지 않겠다고 다짐하지 않았는가.

'이번에는 쉽게 안 보낼 테니까.'

파앗!

나는 앞서의 다짐을 다시 한번 되새기며 이번엔 심해왕이 일으킨 바람을 피하는 것이 아니라, 그것을 타고 몸을 띄우는 형태로 움직이기 시작했다.

이런 움직임을 하게 된다면 아무래도 더 눈에 띄고 공격에 노출되기 쉽겠지만, 고층 아파트를 연상케 하는 심해왕을 한눈에 보려면 이 방법밖에는 없었다.

"쳇, 모자란가?"

하지만 그런 위험을 감수한 움직임에도 불구하고 실시간으로 주변을 휘젓고 다니는 심해왕의 모습을 제대로 보기는 힘들었다. 애초에 공중에 오래 떠 있을 방법이 없는 나로선 바닥으로 내려설 수밖에 없었다.

그렇게 내가 다음을 기약하며 안전한 착지 위치를 확인할 때.

내 착지 지점으로 커다란 방패를 든 엘프가 뛰어왔다.

"제로!"

"…좋았어."

별다른 작전에 대한 대화도 없이 그저 벨라가 내 이름을 불렀을 뿐이지만, 나와 벨라에겐 그 한마디가 충분한 의사소통이었다.

"지금!"

"흐라차아앗!"

내가 밑에서 대기 중인 벨라를 향해 신호를 보내자, 벨라는 있는 힘껏 하늘을 향해 방패를 집어 던졌다. 오직 순수한 힘으로 던져진 방패는 공중에서 흔들림 없는 받침대가 되어주었다.

"땡큐!"

꾸욱, 콰아앙!

빠지직!

발밑에서 무언가 부서지는 것 같은 소리가 들린 게 조금 신경 쓰이긴 했지만, 어쨌거나 벨라의 방패를 밟고 뛰어올랐다.

그러자 처음 풍압에 몸을 싣는 괴상한 작전을 쓴 것보다 훨씬 선명하게 심해왕을 확인할 수 있는 위치까지 뛰어오를 수 있었다.

'당장 눈에 보이는 약점은 없어 보이는데……'

일단 급한 마음에 뛰어 올라오긴 했으나, 맨 처음부터 노리고 있던 약점 따위를 발견하기엔 시간은 물론 가진 바 정보가 많이 부족했다.

그나마 소득이 있다면 심해왕이 뒤집어쓴 해골이 그렇게 단단해 보이지 않는다는 것 정도?

뭐 만물 공통의 약점인 머리가 단단해 보이지 않는다고 한들 과연 실제로도 무르겠냐마는, 심해왕의 머리를 보았을 때 나는 직감적으로 엠페러로 저 머리를 꿰뚫을 수 있음을 알 수 있었다.

물론 어떠한 근거에 의거한 것이 아니었기 때문에 확신할 수는 없었지만… 오래도록 엠페러를 휘둘러 온 나는 감각적으로 그것을 깨달았다.

'그래도 단숨에 급소인 머리를 공략하기는 힘들어. 최소한 어느 정도 약화를 시켜야만 해.'

엠페러가 먹힐 만한 나름의 약점이라는 것을 깨닫긴 했으나, 그 머리에 칼을 박아 넣기 위해서는 많은 제약이 따랐다.

우선 심해왕이 자신의 머리 위로 뛰어오르는 나를 가만히 둘 리가 없다는 점이 가장 큰 문제였다. 그러니 이를 위해선 심해왕의 주의를 다른 곳으로 돌리거나, 최소한 그를 약화시킬 필요가 있었다.

'가장 이상적인 것은 두 가지 조건이 모두 갖춰진 다음 기회를 노리는 것이지만…….'

아마 그것은 불가능하리라.

지금 다크엘프들이 간신히 시선을 끌고 있다고는 하지만 그것은 순전히 심해왕의 유희일 뿐이었다.

실제로 지금 다크엘프들은 하나둘씩 숫자가 줄어들고 있었다.

만일 저들이 다 죽고 난다면 시선을 끌어줄 것은 바이저스 길드와 우리 일행들뿐인 바.

벨라나 나여주가 미끼가 되는 것은 내가 사양이고, 바이저스 길드가 미끼가 되는 것은 불가능에 가까웠다.

'그나마 약화 쪽이 현실적이긴 하지만……'

뛰어난 회복력과 체력, 마력을 자랑하는 마족은 언뜻 보기에 무적이라 생각될 만큼 강력한 힘을 지니고 있다.

하지만 사실 그들은 종족마다 조금씩 다른 약점을 지니고 있었다.

흔히 마력 생성 기관 혹은 저장 기관이라 불리는 곳.

각 종족의 특성에 따라 심장, 날개, 꼬리, 뿔 등 다양한 곳에 붙어 있으며 이것이 파괴되거나 손상될 경우 마족은 급격하게 약화된다.

물론 대다수가 피해를 주기 어려운 부위인 만큼 마족 공략에 도움이 되는 경우는 드물지만, 마왕처럼 강력한 힘을 가진 존재라면 공략의 시작점이 되기에 부족함이 없었다.

'심장이나 뇌 같은 부위는 안 돼.'

그곳이 급소임은 분명하지만 어차피 공격이 성공할 리도 없을뿐더러 괜히 어설프게 공격이 들어갔다가는 경각심만 심어주는 꼴이 될 수도 있었다.

같은 맥락에서 뿔 역시 마찬가지.

최종적으로 머리를 노릴 예정인 내가 운 좋게 뿔을 하나 잘라낸다 한들 두 개의 뿔 중 어느 게 마력 기관인지도 모르고, 혹여 둘 모두가 마력 기관인 경우 약화가 아니라 분노로 폭주한 심해왕을 상대해야 할지도 모르는 일이다.

"신중해야 해……."

아무리 열심히 한다고 한들 지금 이곳에 있는 이들로는 이번 도전이 마지막 기회일 터, 소중한 친구가 걸려 있는 이 상황에 내가 할 수 있는 일은 그것뿐이었다.

'일단은… 하반신부터 탐색해 볼까?'

조금 주의를 돌려보기로 했다.

심해왕의 몸에서 눈에 띄는 부위라고 한다면 단연 거대한 뿔과 양 어깨에 배치된 거대한 못들이다.

하지만 이것들은 공격을 가하기엔 위험도도 높을뿐더러 물리적인 높이도 굉장히 높았다.

사실 심해왕의 거대한 몸 탓에 상대적으로 눈에 덜 띄는 하반신을 세세하게 살펴보지 못했다.

만일 저 뱀 같은 반신에 마력 기관이 있다면, 한층 수월한 공략이 가능할 것이다. 유심히 조사할 가치가 있었다.

슈콰아아앙!

"…좀 무리려나?"

나름 조심히 접근한다고 한 것이었지만, 어찌나 민감한지 간신히 꼬리 부근에 접근하자마자 채찍처럼 휘둘러진 꼬리가 조금 전 내가 밟고 있던 바닥을 훑었다.

그나마 심해왕의 정신이 다른 곳에 팔려 있었기에 망정이지, 만일 그가 나를 정확히 노리고 공격했다면 쉽사리 피하지 못했을 만큼 빠르고 강맹한 공격이었다.

'덩치에 비해 속도가 빠르다는 것은 처음부터 알고 있었지만… 이래서는 접근하기도 힘들겠어.'

최대한의 속도로 몸을 틀어 꼬리의 공격권에서 벗어나긴 했지만, 뒤로 물러설수록 가슴은 답답해져 왔다.

아무리 생각해 봐도 심해왕에겐 빈틈이 보이지 않았고, 설령 빈틈이 있다고 한들 공략할 만한 능력이 부족했다.

그때, 심해왕이 등장한 이래 조용히 있던 엠페러가 말했다.

"주인, 우욱……."

"응?"

꽤 오랜 시간 침묵을 지키고 있던 엠페러의 목소리는 평소와 달리 굉장히 힘들어하는 것 같았다. 심지어 괴물

세 마리와 싸울 때도 낸 적 없던 고통스러운 신음을 흘리고 있었다.

자세히 보니 대검 모드조차 풀려 허리만 꼿꼿이 세우고 있었다.

"엠페러? 뭐야, 왜 그래?"

이 싸움의 가장 중요한 열쇠인 엠페러의 상태가 이상한 것이 나로선 당혹스러웠다. 동시에 드물게도 엠페러가 힘들어하고 있다는 것에 걱정이 들기도 했다.

"뭐야? 왜 그래? 말 좀 해 봐!"

스스로 대검 모드까지 해제한 채 양 날개로 부리 주변을 틀어막고 있는 엠페러의 안색은 처참했다.

펭귄의 검은 털을 뚫고 파란빛이 느껴질 만큼 창백하게 질려 있었던 것이다.

내 걱정스러운 다그침에 간신히 엠페러가 입을 열었다.

"토… 토할 거 같다, 주인……."

"…응?"

틀어막은 부리의 틈새로 힘겹게 목소리를 낸 엠페러의 말을 듣고, 순간 굉장히 심각한 상황을 떠올리고 있던 나는 허탈한 심정에 한숨을 쉬었다.

"후, 그 정도는 그냥 하면 되잖아."

"그… 그게……."

좀 더러워지기야 하겠지만… 그 정도야 어떤가?

이쪽은 촌각에 목숨이 달린 만큼 결정적인 순간에 속이 안 좋아서 기술을 제대로 발동시키지 못하는 것보다야 조금 더러워지는 것이 훨씬 나았다.

나는 불안해하는 엠페러를 드물게 쓰다듬으면서 조용히 말했다.

"여기에 몰래 해."

"그게… 주인, 이거 그냥 막 뱉으면 안 될 거 같은데…….."

"아아, 걱정할 필요 없어. 까짓거 조금 튀는 정도야."

개의치 않겠다는 듯 나는 꺼려 하는 엠페러의 등을 팡팡 두드려 주면서 재촉했다.

이내 이런 말과 행동에 용기를 얻은 엠페러가 부리를 가리던 날개를 들며 말했다.

"그럼… 한다?"

"그래그래."

쿠쾅! 투콰아앙!

"뭐 해, 이 바보들아!"

바로 옆에서 마법이 터지고, 성이 와르르 무너지는 소리가 들려왔다. 저 멀리서 나여주의 욕설이 울려 퍼졌지만, 나는 묵묵히 엠페러의 등을 두드렸다.

어차피 당장 나한테 날아오는 것도 아니지 않은가?

"우웩."

고통스러워한 것에 비해 입에서 나온 것은 맑은 침과 리얼한 소리 외에는 없었다.

하지만 파랗게 질려 있던 엠페러의 안색은 종전에 비해 확실히 나아져있었다.

'참 쓰잘 데 없이 디테일하단 말이지.'

소리만큼이나 리얼하게 넋 놓은 표정으로 침을 흘리는 엠페러의 모습에 나는 한껏 걱정을 담아 물었다.

"어때? 이제 좀 낫냐?"

"주… 주인……."

아직 몸이 좋지 못한 것인지 넋 나간 표정에서 벗어나지 못하는 엠페러의 모습에서 이상을 느낀 것은, 내가 소매를 들어 그의 입에서 흘러내린 침을 닦으려던 순간이었다.

"응?"

반짝!

입을 헤 벌리고 있는 엠페러의 목 안으로 단순히 게임상의 검열 효과라기엔 기괴한 반짝임이 흘러나오고 있었다.

'피며 내장까지 쏟아지는 게임에서… 고작 목구멍 같은

걸 검열했을 리는 없을 텐데.'

게다가 굳이 징그러움의 순위를 따지자면 뻥 뚫린 목구멍과 목젖보다는 펭귄 특유의 털이 가득한 구강 구조가 훨씬 징그러웠다.

짧은 생각 끝에 저 안에 반짝이는 무언가에 의해 엠페러가 괴로워하고 있다는 결론을 내린 나는 엠페러의 입 안으로 손을 밀어 넣어 안쪽의 무언가를 건드렸다.

툭.

'어, 차갑네?'

그 반짝이는 것을 만진 나의 짧은 감상이었다.

이 이상의 감상은 이어진 엠페러의 행동으로 인해 알 수 없었다.

찰싹!

"악! 뭐하는 거야!"

"우… 우으에엑!"

내 손을 때리는 것으로 급히 입에서 날 떨어뜨린 엠페러는 지금껏 헛구역질을 한 것은 준비에 불과했다는 듯, 입 안에서 시원하게 토사물을 분출하기 시작했다.

아니, 정확히는…….

싸아아아아아아아!

쩌저저저저저저저적!

…브레스를 쏟아내고 있었다.

"…이게 뭐다냐."

엠페러의 입에서 시작된 새파란 입김이 바닥을 타고 전방을 향해 마구잡이로 퍼져 나가기 시작했고, 마침 엠페러의 옆으로 피해 있던 나를 제외한 앞선 모든 것들이 얼어붙어 가기 시작했다.

심지어…….

"으음?"

고오오오.

심해왕이 돌아볼 정도였다.

쩌저저적……!

주변을 온통 얼려 버리는 어마어마한 냉기의 근원을 찾아 고개를 돌리던 심해왕이 마침내 자신의 백분의 일도 안되는 엠페러를 발견했을 때는, 이미 바닥은 물론이고 주변의 모든 사물이 얼어붙은 상태였다.

"이 바보야! 그런 큰 기술은 말을 하고 써야지!"

"제로, 바보! 신발 망가졌잖아!"

비교적 멀리 있던 탓에 냉기의 영향을 적게 받은 여주와 벨라의 목소리가 울려 퍼지고, 아직 상황 파악이 되지 않은 유저들과 죽다 살아난 다크엘프들이 추위에 떠는 와중에도 나에게 시선을 모았다.

'뭐야, 왜 그렇게 봐? 나도 모른다고!'

나라고 이 상황이 무엇인지 알고 있겠는가.

속이 안 좋은 소환수의 등을 두드려 줬을 뿐인데 성을 얼려 버리는 브레스가 뿜어져 나왔으니 주인인 나야말로 당혹스럽기 짝이 없었다.

결국 나를 향해 놀란 눈을 하고 있는 이들을 하나하나 멍한 눈으로 쳐다보는 것으로 이 오해에 대해 변명을 했지만……

그런 내 멍한 시선을 받은 사람들은 이 어마어마한 기술을 보고 감명이라도 받은 듯 일제히 목소리를 높였다.

"좋아! 알겠다!"

'뭘 알겠다는 거야!'

가장 먼저 큰 목소리로 정체불명의 대답을 한 제논이 크게 고개를 끄덕이며 심해왕의 공격에 움츠러들었던 몸을 키웠다.

그러자 이런 제논의 목소리에 영향을 받기라도 한 듯 여태 구석에 찌그러져 있던 인물들도 분분히 일어나 무기를 꺼내 들었다.

"그래! 까짓거 이렇게 엑스트라로 끝날 수는 없지!"

"내가 이 순간을 위해 얼마나 많은 기술을 연마했는데!"

"저 녀석한테 독이 통할지 모르겠지만… 허무하게 죽어 줄 수야 없지!"

"아흐흐흐, 추워……. 야! 옷 좀 벗어 봐!"

그들은 각각 레드, 블루, 그린의 깔맞춤 옷과 투구를 장비한 인물들이었다. 마지막은 저들 중 가장 면적이 적은 옷을 입은 옐로우였다.

그런 그들의 손에는 무기라고 하기엔 기묘한 물건들이 들려 있었다.

'저건… 체인의 변형인가? 양동이는 도금한 거 같고. 저건 뭔지 모르겠군.'

레드는 예전에 체인을 사용하던 것과 달리 지금은 채찍을 사용하고 있었다.

물론 평범한 채찍이 아닌, 날카로운 검날을 수십 개 이어붙인 기병이었다. 이것을 다루기 위해서인지 예전엔 흰색 장갑만을 끼고 있던 곳에 두터운 건틀릿을 장착한 상태였다.

블루의 경우는 그다지 바뀌지 않았다.

원래 쓰던 얼음 양동이가 박살 나는 것을 본 기억이 있는데 그 이후로 장비를 새로 만들었는지 예전과 달리 금빛이 감도는 양동이를 들고 있었으며, '아이스 빠께쓰'를 외치자 예전과 달리 즉시 얼음이 가득 찬 양동이로 변했다.

마지막으로 그린의 경우엔… 과연 저게 무기인지 의심이 되는 커다란 나뭇가지를 들고 있었다. 그것 역시 이전에 휘두르던 독을 뿜는 나무 몽둥이의 변형으로 생각되지만……

'저건 너무 변한 거 아닌가? 아니, 애당초 몽둥이의 영역을 벗어났잖아?'

손잡이가 되는 굵은 부분을 기점으로 거침없이, 여기저기 뻗어나간 잔가지들에는 방금 꺾어온 나무마냥 푸른 잎이 우거져 있었다.

뿐만 아니라 그 부피도 엄청나서 멀리서 보면 나무를 뽑아 들고 있는 것처럼 보일 지경이었다.

'옐로우 쪽은 처음 보는 거니까.'

정확히 말하자면 일전에 스치듯 보긴 했지만 싸우는 모습도 본 적 없고, 저 엘리멘탈 파이브 셋과 달리 대화를 해본 적도 없으니 사실상 초면이나 마찬가지였다.

'장비를 보면… 전사 계열인가?'

옐로우는 몸을 부르르 떠는 와중에도 인벤토리에서 제 몸만 한 대검을 꺼내 들어 심해왕을 겨눴다. 하지만 그런 그녀의 입에선 투덜거림이 끊이지 않았다.

"아, 정말! 이 녀석들이랑 같이 다니고 되는 일이 없다니까!"

물론 그런 와중에도 싸움에 빠질 생각은 없는지, 검을 겨누는 기세가 사뭇 날카로웠다. 어쩌면 저 이상한 무기들을 들고 있는 셋보다 도움이 될지도 모르겠다는 생각이 들었다.

"이건… 우리도 빠질 수 없겠는걸?"

"엑? 저희는 저쪽에 합류 안 해요?"

구석에서 몸을 일으키는 순백의 기사의 말에 엘로아가 눈을 크게 뜨며 반문했지만, 그것은 곧장 앞으로 치고 나온 아르덴에 의해 묵살당했다.

"후후후, 대로… 아니, 제로 님이 저런 엄청난 걸 보여 주셨는데 내가 가만히 있을 수는 없지!"

내가 보여준 것은 펭귄의 등을 두드려 브레스를 토하기 쉽게 해준 것밖에 없건만, 이미 눈에 콩깍지가 씌인 아르덴에겐 동경의 대상이 무지막지한 새로운 기술을 사용한 것으로밖엔 비춰지지 않은 듯싶었다.

'뭐 저들이 합류해 준다면 훨씬 나아지겠지.'

물론 마왕급을 상대로 고작 유저 여섯이 더해져 얼마나 큰 힘이 될까 하는 의문이 들었지만, 애당초 크게 기대하는 바도 없다. 그래도 어쨌든 아까처럼 구석에 모여 있는 것보다는 도움이 될 터였다.

그렇게 바이저스 길드를 비롯한 유저들이 모두들 새로운 싸움에 임할 준비를 마쳤다.

혼란에서 벗어난 다크엘프들까지 파울을 중심으로 모여드는 것을 보며, 나는 싸움에 새로운 국면이 열렸음을 직감했다.

"뭐 좋아. 그래, 그렇다 치자고. 그러니까 이제……."

…나는 어쩌면 좋나?

Chapter 3
정의의 사도들

그래, 다 좋다.

위기에 처한 다크엘프들이 재집결한 것도, 수비적이던 바이저스 길드가 기지개를 켠 것도, 방관만 하고 있던 유저들이 참전을 한 것도.

다 좋았다.

한 가지만 빼고.

그극— 그그그그극…….

심해왕이 특유의 바닥 긁는 소리를 내며 몸을 돌리는 것이 갑자기 느리게 보였다.

조금 전 엠페러의 정체불명의 브레스를 통해 우리의 존

재를 보다 명확하게 인식하게 된 심해왕의 표정은, 조금 전 신나게 다크엘프들을 괴롭히던 때와 비교해 기묘하리만큼 무덤덤했다. 하지만 나는 그의 뻥 뚫린 눈 속에서 일렁이는 불길을 볼 수 있었다.

분노에 타오르는 불길을 말이다.

"네놈, 누구냐?"

이글거리는 눈을 한 심해왕의 한마디.

하지만 그의 목소리는 이전에 없을 만큼 우리가 봐온 어느 때보다도 차분해 보였다.

"호오, 그렇군. 그 펭귄인가?"

나는 대답을 하지 않았지만, 심해왕은 굳이 대답이 필요 없다는 듯, 우리의 모습을 통해 답을 찾아냈다.

"신기하군. 분명 마계 펭귄은 본래의 힘을 잃어 브레스 같은 고유 스킬을 사용하지 못하게 됐을 텐데 말이야."

'고유 스킬? 브레스가?'

브레스라 함은 흔히 판타지 세상 속 드래곤의 전매특허이자, 간간이 강력한 힘을 지닌 몬스터들이 사용하는 것으로 이는 곧 강한 종족의 상징이나 마찬가지 아닌가?

한데 마계 펭귄 종족이 그런 종족이었다니……. 자그마치 왕가의 후계자를 곁에 두고 다녔음에도 추호도 몰랐던 사실이다.

'물론 약하다고까지는 생각 안 했지만 말야.'

비록 본래 레벨이 따로 있다고는 하지만, 1레벨로 하향 조정되고도 최대치를 찍는 체력 스탯이나 방어력 자체를 무시하는 능력의 엠페러를 생각하면 약한 종족일 리가 없었지만, 입에서 브레스까지 뿜는 종족일거라고는 생각지 못했다.

'그리고 보면 마법도 쓸 줄 알고. 꽤 사기급이네, 이 녀석.'

나는 아직도 넋 나간 얼굴로 입가에 침 한 줄기를 흘리고 있는 엠페러를 흘끔 바라보았다.

대개 종족의 특성이란 것은 각자의 생존 방식이나 서식지에 따라 무언가에 특화된다는 점을 생각해 볼 때, 전사로서의 전투력과 마법사로서의 재능은 물론, 강력한 종족 고유 기술까지 가지고 있는 마계 펭귄은 타 종족에 비해 사기적이라고 할 수 있었다.

물론 펭귄 왕의 말에 따르면 마수족의 신물이라는 것을 잃어버리기 전에는 더 대단했다고 하지만… 어디 이 부자의 말을 믿을 수가 있어야지.

'아니, 잠깐… 신물이 있을 때라고?'

엠페러가 조금 전 얼떨결에 사용한 브레스는 마계 펭귄의 고유 스킬, 그 옛날 전쟁 전 마수족의 신물을 가지고 있을 때의 능력이다. 심해왕이 직접 말하지 않았는가.

그 말인즉슨…….

"그건가?!"

"갑자기 무슨 말이냐, 주인?"

아까의 안 좋은 안색은 결코 심해왕에게 쫄아서가 아니었음을 알려주기라도 하듯, 토악질 한 번을 하고 나서부터는 급격히 밝아진 안색의 엠페러가 내 외침에 고개를 갸웃거렸다. 하지만 나는 엠페러의 입을 뚫어져라 쳐다볼 뿐이었다.

정확히는 그보다 안쪽에 있는 물건을 보려는 것이었지만…….

"그래, 시간이 많이 지났으니 펭귄 놈들 중 옛날의 힘을 되찾은 녀석이 나타났다고 해도 이상한 일은 아니지. 혹은 신물을 찾았을 수도 있고 말이야."

음울한 심해왕의 목소리가 성 안을 메우자 지금껏 생각에 빠져 심해왕에 대해 잠시 망각하고 있던 나는 물론이고, 한창 전투 준비를 하며 사기를 올리던 모든 이들이 침묵에 빠졌다.

심해왕이 장난기를 벗어던지자 목소리만으로도 주변을 내리누르는 듯했다.

'이 녀석… 분위기가 엄청 다르구만.'

조금 전까지 다크엘프들을 상대로 장난스러운 살육을 즐기며 그 피를 음미하던 미친 녀석이라고는 생각되지 않는 무서운 기세였다.

'그러고 보니 마계 펭귄과 심해왕이 엄청난 앙숙이었다고 했는데…… 설마 그건가?'

어쩐지 엠페러를 노려보는 시선이 심상치 않더라니…….

나는 심해왕의 행동에 주의를 하는 와중에도 이 상황의 주역이 된 엠페러를 확인하고자 고개를 돌렸다.

머엉.

'이쪽은 여전히 아무 생각 없어 보이네.'

딱히 겁을 먹거나 싸울 의지가 없어 보이는 것은 아니었지만, 그렇다고 심해왕처럼 잔뜩 열이 올라 콧김을 뿜는 상태와는 거리가 멀었다.

오히려…….

"평소랑 같네."

"주인, 아까부터 나는 모르는 말만 한다."

"그런 게 있어."

어느새 말도 없이 대검 모드로 돌아와 있던 엠페러는 그 상태 그대로 내 말에 고개를 갸웃거리면서 잠시 고민하는가 싶더니, 이내 평소의 맹한 표정으로 돌아와 상대인 심해왕을 쳐다봤다. 그야말로 마왕이라는 존재에게 아무런 압박도 느끼지 못하는 모습이었다.

"호오, 과연……. 짐의 오랜 숙적답게 오만하기 짝이 없군……."

이런 엠페러의 분위기를 파악한 건 나뿐만이 아니었는지, 여태껏 유심히 엠페러를 관찰하던 심해왕이 한껏 분노를 억누르는 목소리로 그렇게 말했다.

그러나 여전히 분위기 파악을 못하는 이 펭귄은 그런 말을 귓등으로도 듣지 않은 채 중얼거릴 뿐이었다.

"주인, 뭐래?"

부드득!

난데없는 소리에 순간 또 성 어딘가가 부서진 것인 줄 알았지만, 실상은 심해왕이 이를 가는 소리였다.

덩치가 워낙 크니 이를 가는 소리조차 뭔가 무너지는 소리 같이 들린 것뿐이었다.

"그래, 여전하구나. 네놈들은……!"

그렇게 말하는 심해왕의 목소리는 여전히 분노로 떨리고 있었지만, 좀 전과 같이 무겁고 억누르는 목소리가 아니었다.

이제는 완전히 분노를 드러낸, 강렬한 살의가 담긴 목소리였다.

"내 오늘 여기서 선포하노니……! 더 이상 이 마계 마수족에 마계 펭귄이란 이름은 역사에조차 남지 않을 것이다!"

고오오오오오—!

부글부글!

마왕인 심해왕의 선언에 주변의 대기가 들끓었다.

그의 몸을 구성하는 검은 피부가 끓어오르며 기포를 만들어냈고, 심해왕의 몸을 기준으로 반경 십여 미터에 이르는 공간 속 마기가 검은 아지랑이로 구체화하기 시작했다.

그리고 이런 환경의 변화는 곧 심해왕 본인의 변화로 이어졌다.

뿌득— 뿌드득!

양팔을 교차하여 어깨 위에 얹은 심해왕으로부터 끔찍한 소리가 울려 퍼졌다.

단단한 생살을 찢는 소리와 함께 심해왕의 어깨에서부터 그의 몸을 구성하고 있는 검은 물이 주르륵 흘러내리다가, 이내 허리께에서 다시 몸속으로 흡수되기를 반복했다.

그리고 마침내.

뿌지지직!

촤아악—!

양 어깨의 대못들을 뽑아낸 심해왕이 대못에 묻은 검은 물기를 털어내며 외쳤다.

"첫 번째로 마계 역사에서 지워질 펭귄은 바로 네놈이다!"

쿠와아아아앙!

그의 포효가 지면을 강타함과 동시에 높게 들어 올린 팔이 지면을 향해 날아왔다. 동시에 손에 쥐고 있던 대못 하나를 빛살처럼 쏘아냈다.

콰와아앙—!

"…와씨, 죽을 뻔했네!"

심해왕의 분위기가 바뀌는 것을 보고 긴장을 하고 있었기에 망정이지, 만일 좀 전처럼 엠페러에게 신경을 쓰고 있었다면 방금 일격으로 죽었을 것이다.

나는 바닥에 거대한 크레이터를 만들어낸 심해왕의 대못과 그 주변으로 잔뜩 실금이 간 대지를 보면서 허공에 몸을 띄운 상태로 몸서리쳤다.

'제대로 맞았으면 엠페러도 무사하기 힘들었겠네.'

체력 스탯이 만땅인 엠페러라면 즉사는 피할지 모르지만, 설령 그렇다 해도 살아남기는 어려울 정도의 엄청난 공격이었다.

'될 수 있으면 땅에서 피하고 싶었지만……'

심해왕의 대못이 하나가 아님을 알기에 될 수 있으면 후속타를 염두에 두고 지면에서 움직이고 싶었지만, 지형을 바꿔놓은 것도 모자라 그 주변에 실금을 만들어내는 대못의 위력은 지면을 달려 피하기엔 그 범위가 너무 거대했다.

"쥐새끼처럼 잘도 도망치는구나!"

이를 악 문 심해왕의 목소리가 들려오자, 이에 집중한 내게 예의 그 대못 공격이 날아들었다.

"어디 이것도 피해 봐라!"

콰과과과과!

공기를 찢어발기며 순식간에 내 앞으로 날아든 심해왕의 대못에 기겁을 하면서도 아크로바틱을 발동해 직격을 피하는 것으로 데미지를 피한 나는, 이내 연달아 날아드는 대못에 전략을 수정해야만 했다.

"젠장, 어디 한번 해보자 이거야!"

위험한 공격이니 무조건 피하는 게 좋았지만, 피할 수 있는 방법은 공중에서 몸을 비트는 것뿐. 그것조차 예측하여 날아드는 못들에 대항할 방법은 하나밖에 없었다.

'빗겨낸다!'

쿠오오오오!

어지간한 집채의 대들보라 해도 믿을 만한 거대한 대못을 빗겨낸다는 게 과연 가당키나 한 일인가 싶었지만, 방법이 없었다.

그때, 제 컨디션을 찾은 엠페러가 용기를 심어주었다.

"할 수 있다, 주인!"

'물리력이 적용되는 이상 어차피 완벽하게 흘리지는 못해. 타고 흐른다는 느낌으로!'

코앞에 도달한 대못의 아찔한 기세에 눈이 감기려는 것을 억지로 참고, 엠페러를 든 손을 전력으로 찔러 넣었다.

쿠콰아아아―!

순간, 엠페러의 압도적인 날카로움, 괴물과 비견되는 강력한 힘이 대못의 기세를 베었다.

몰려들던 풍압이 찰나지간 줄어들고, 영점 몇 초를 다투는 상황에서 고요해진 대기가 집중력을 한껏 끌어 올렸다.

그리고…….

'닿았다!'

턱!

엠페러의 날개 면이 대못에 닿는 것이 느껴졌다.

정면으로 날아든 대못을 피할 최소한의 여건이 갖춰진 것이다.

'제에에엔장! 너무 세잖아!'

대못에 안전하게 접촉하는 것으로 대못의 힘을 역이용한 회피가 가능할 거라는 기대, 그것은 잠시뿐이었다.

대못의 접촉면으로부터 느껴지는 힘을 엠페러를 든 손을 통해 느끼는 순간. 이 작전이 실패했음을 알았다.

힘의 정점.

폭력의 근원과도 같은 그것은 일개 개인이 피해내기엔 너무 강했다.

"망할!"

입에서 욕설이 터져 나오며 자연재해와도 다름없는 피할 수 없는 힘이 온몸을 덮쳐 왔다.

아크로바틱과 찌르기를 통해 직격은 피했지만, 대못의 힘에 휩쓸려 가는 것은 막을 수 없었다.

엠페러 역시 꼿꼿한 자세를 유지하는 게 힘든지 휘청거리는 모습이었다.

그 순간… 엠페러의 괴성이 잠시 동안 대못이 일으킨 폭음을 넘어섰다.

"끼요오오오오오옷!"

파아아아앗!

엠페러의 외침에 맞춰, 다시 허리를 곧게 편 엠페러가 푸른빛으로 물들었고, 입에서는 마치 아까의 브레스를 연

상시키는 하늘색의 입김이 흐르기 시작했다.

동시에.

쩌—엉!

엠페러와 맞닿아 있던 대못에 이변이 생겼다.

대못 전체가 순식간에 살얼음으로 물들고, 엠페러와 직접 닿은 부분이 마치 일자로 길을 낸 듯 새파랗게 얼음으로 둘러싸였다.

스파아아악—!

매끈한 얼음의 길을 따라, 대못은 그대로 엠페러의 몸을 타고 흘러나갔고 당장이라도 대못에 휩쓸려 날아만 갈 것 같던 몸은 공중에서 크게 밀려났을 뿐, 아무런 피해를 입지 않았다.

"뭐, 뭐야, 이게……?"

세상에 통용되는 물리법칙조차 무시하는 무시무시한 마법이 조금 전 엠페러를 통해 펼쳐진 것을 목격한 내가 헛웃음을 지었지만, 이중 가장 황당한 것은 대못을 던진 심해왕이었다.

"말도 안 되는……!"

'그야 나도 말도 안 된다고 생각한다만…….'

이미 사정권을 벗어난 대못은 순식간에 우리를 지나쳐 등 뒤를 향해 날아갔고, 이내 무시무시한 폭발음과 함께 그곳에서 사라졌다.

아니, 부서져 내렸다.

쿠콰아아아앙—!

콰자자자작!

벽에 엄청난 흔적을 남기고 곧장 잘게 부서진 얼음 조각이 되어 바닥으로 쏟아지는 대못의 최후는, 과연 게임 속 세상이라 한들 이럴 수 있을까 싶은 환상적인 광경이었다.

하지만 이는 단 한 명에게만큼은 지옥과도 같은 풍경이었다.

"크아아아아악!"

쿠구구구궁!

찢어질 듯한 심해왕의 비명이 성 안을 수놓자, 이에 장단을 맞추기라도 하듯 성 전체가 흔들렸다.

'역시 맵으로 구현되서 성 자체가 무너지지는 않나 보네.'

존재만으로 사람을 압박하고 쳐다보는 것만으로 우리를 벌벌 떨게 했던 무시무시한 존재가 비명을 지른다는 것이 실감이 나지 않았기에, 나는 이 순간을 실없는 생각으로 때웠다.

뭐, 그렇다고 틀린 말도 아니긴 했지만…….

"끄아아아! 크아아아아악!"

쿠콰아앙! 쿠구구궁!

심해왕의 고통스러운 비명은 이후 한참이나 계속되었다.

이성을 잃은 듯 온몸을 비틀며 벽이나 기둥 따위를 마구잡이로 부숴 대는 심해왕의 모습을 본 나는 순간적으로 기습이라는 단어를 떠올렸다. 하지만 괴로워하는 모습 그 자체가 너무도 위협적이라 실행에 옮기지는 못했다.

나는 심해왕이 고통스러워하는 틈을 타 혹시나 하는 마음에 엠페러에게 물었다.

"…저거 왜 저래?"

"음? 마왕급 마족이 마력 기관 하나가 박살 났으니 당연한 행동 아닌가?"

정말 그것을 몰라서 묻냐는 듯 태연하기 짝이 없는 엠페러의 대답에 잠시 멍해 있던 나는, 잠시 뒤에야 그 말의 의미를 파악하고 엠페러에게 되물었다.

"아니, 잠깐! 그럼 지금 저 녀석이 던진 못이 마력 기관이었다는 거야?"

"그럼 뭐라고 생각했나, 주인? 본래 마족이나 마수족들은 마력 기관이 핵심 공격 수단인 경우가 많다. 물론 심해왕의 마력 기관은 저거 외에도 여러 개 있는데다 저게 가장 약한 것이긴 하지만… 마왕으로서 마력 기관에 손상을 입은 것은 자존심 면에서도 손상이 클 거다, 주인."

"……."

당연한 상식이라는 듯 아무렇지 않게 지금껏 고민한 내용의 대답을 내놓는 엠페러를 한 대 쥐어 박으며 왜 여태 말하지 않았냐고 묻고 싶었지만… 대답은 들은 거나 마찬가지였다.

'또 '안 물어봤으니까' 라고 하겠지.'

엠페러와 이런 일이 어디 하루이틀이던가. 이미 모든 걸 달관한 경지에 이르렀기에 나는 쿨하게 고개를 끄덕이며 새로운 작전을 수립했다.

"그렇다면 조금 전 방법으로 저 못을 박살 내면 되겠군."

엠페러의 말대로라면 심해왕이 뽑아 던진 대못이 마력 기관이자 동시에 무기라는 의미였으니, 이 이후 심해왕의 공격 수단에 큰 변화가 없다면 꾸준히 대못을 파괴하는 것만으로도 심해왕을 약화시키는 것이 가능했다.

'일단 피하는 게 가능하다는 것을 알았으니 다양한 방법이 가능하겠어.'

조금 전처럼 날아오는 대못을 중간에 파괴하는 것도 한 방법이고, 공격 후 바닥에 떨어진 대못을 부수는 방법도 있었다. 비록 위험 부담이 따르긴 하지만 난데없이 생겨난 엠페러의 새로운 능력이라면 충분히 가능했다.

희망에 찬 내가 몇 가지 구체적인 방안을 더 떠올리는 사이, 엠페러가 나를 불렀다.

"주인."

"응? 왜?"

"방금 그거 어떻게 하는지 모르는데?"

"……."

여러 생각이 교차하는 와중에도 희망의 등불이 된 엠페러의 부름에 부드러운 대답을 했던 나는 곧장 그의 목을 틀어쥐었다.

"케헥, 주인! 나 죽는다……."

"그게 지금 할 말이냐!"

짤짤짤!

사람에게 목을 붙잡힌 펭귄이 허공에서 짤짤거리는 모습은 동물 보호 단체에서 봤다면 소송을 걸기에 충분한 광경이었다. 하지만 이성을 잃은 내게 보는 눈 따위는 고려의 대상이 되지 못했다.

"이제 와서 그게 안 된다고 하면 어떡해! 다 죽는다고!"

"켁켁! 주인! 내가 먼저 죽는다……!"

한 편의 콩트와도 같은 실랑이가 얼마나 이어졌을까,
나는 문득 사위가 조용해졌음을 깨달았다.

"…응?"

"케헥! 주인……!"

"네놈들, 이 몸을 상대로 잘들 노는군."

조용해진 주변과 우리 둘만의 콩트를 파고드는 이질적
인 목소리.

나는 천천히 고개를 돌려 심해왕이 있던 자리를 봤다.

"하, 망했네."

그곳엔 어쩐지 팔 개수가 두 배가 된 심해왕이 있었다.

"…진짜 괴물이로군."

네 개의 팔을 지그재그로 교차하여 팔짱을 끼는 심해왕
을 옆에서 보던 파울은 기괴한 모습의 심해왕을 보면서
속으로 침을 삼켰다.

그리고 안도했다.

지금 저 괴물이 노리고 있는 것이 자신이 아니라는 것
에 자신도 모르게 안심하고 있는 것이었다.

'지금이라도 도망쳐야 하나?'

떨리는 시선을 감추는 한편 전황을 읽은 파울은 만일 도망을 쳐야 한다면 지금 이 순간이야말로 최고의 상황임을 알 수 있었다.

조금 전까지 날벌레를 잡는 어린아이의 그것처럼, 한없이 즐겁게 다크엘프들을 찢어 죽이던 심해왕은 조금 전 자칭 마왕의 후계자라는 녀석들의 일격에 마력 기관에 손상을 입고 완전히 그들로부터 돌아선 상태였다.

물론 심해왕의 능력을 떠올려 보면 파울이 전력을 다해 도망친다 한들, 심해왕이 슬쩍 보고 노리기만 해도 벗어날 방법이 없었다. 하지만 지금처럼 다른 데 정신이 팔려 있다면 가능성이 있었다.

무엇보다 오랜 분석 결과, 다크엘프족은 심해왕은 어쩌면 성을 떠나지 않는 것이 아니라 성을 벗어나지 못하는 것일지도 모른다는 가설을 세웠던 바 있다. 그것에 희망을 건다면 이 자리만 벗어나도 다크엘프 일행이 전멸하는 사태는 막을 수 있을 터, 이들의 대장이자 마을의 전사장인 파울은 합리적인 생각으로 자신의 무너진 자존심을 달랬다.

'그래, 어쩔 수 없잖아? 상대는 말도 안 되는 괴물이다!'

솔직히 말하자면 심해왕이라는 존재가 저렇게나 밑도

끝도 없이 강력한 존재라고는 생각지 못했다.

마왕이라는 것이 이 마계에서 가지는 위엄이 얼마나 대단한지는 마계의 주민으로서 누구보다 잘 알고 있었지만, 심해왕은 수백 년이나 성 안에 잠적하면서 스스로 그의 위엄을 희석시켰다. 결국 오래된 고서에서나 찾아보게 된 그 힘은 남부 마계의 실력자라는 파울에게 자만심을 심어 줬다.

특히나 마계에서도 꽤나 독특한 취급을 받으며 심해왕과는 동떨어진 내륙에서 생활하는 그들이었으니 그런 생각은 더욱 심했다. 아마 이번 전쟁에 참여한 잡다한 종족들 역시 순전히 전대 마왕의 위엄에 굴복했다기보다는 저변에 그런 생각을 가지고 있었음이 분명했다.

'퇴각, 퇴각한다……!'

이곳에 모인 이들은 마을 전사 중에서도 정예들.

비록 심해왕에겐 상처 하나 내지 못했지만 이런 녀석들조차 없으면 마을은 존속될 수 없기에 더 이상 이들을 잃을 수 없었다.

주춤주춤.

심해왕이 뒤를 돌아 있는 틈을 타, 조금씩 뒤로 물러선 파울이 그의 뒤로 모여든 일족의 전사들을 향해 눈치를 줬다.

도망쳐라. 살아남아라.

그렇게 말하는 파울의 눈동자는 어느 때보다 두려움으로 떨리고 있었다.

그것을 본 순간 전사들은 혼란스러워했다.

그들이 아는 파울은 결코 이렇게 약한 존재가 아니었다.

마을의 안에서건, 밖에서건 물러서는 법이 없는 강인한 일족의 수호자이자 그들에게 있어 존경과 경외의 대상이었다.

비록 심해왕이 모습을 드러내기 전에도 이와 비슷한 명령을 내리긴 했지만 그때의 파울은 결코 저렇게 두려워하는 모습이 아니었다. 그때의 파울은 명백히 전사장으로서 자존심을 접고 피해를 최소화하기 위한 후퇴를 명령하는 장수였지, 결코 지금과 같이 싸움에 대패하여 꼬리를 만 패장의 모습이 아니었으니 말이다.

'전사장님⋯⋯!'

'그렇게나 분해하셨는데⋯⋯!'

이미 반 이하로 줄어버린 전사들은 한없이 작아진 파울의 등을 바라봤다.

조금 전까지 전사들이 하나하나 죽어갈 때마다 누구보다 억울해하며 죽은 이들의 이름을 부르짖던 전사장은 더 이상 이 자리에 없었다. 그리고… 어쩌면 더 이상 그 모습을 보지 못하게 될지도 모른다는 생각이 파울의 등을 바라보던 이들의 머릿속을 휩쓸었다.

이에 다크엘프 전사들이 시선으로 뜻을 모았다.

처억!

저벅저벅!

조금 전 뒤로 물러선 파울의 발자국 소리와는 다른 당당한 걸음걸이.

파울의 앞으로 순식간에 검은 인벽이 세워졌다.

"…너희들, 뭐 하는 거냐?"

"가십시오. 전사장님!"

"뭐?"

예상치 못한 말과 행동이었기 때문일까, 떨림이 느껴지던 파울의 목소리에는 황당함과 허탈함이 뒤섞여 있었다.

"지금 이 순간 물러나는 전사장님의 마음이 어떨지… 저희는 누구보다 잘 알고 있습니다."

"결코 전사장님이 약해서 그런 것이 아니란 거! 저희는 알고 있습니다!"

"그러니… 전사장님께서 가십시오."

"그게… 그게 무슨 말이냐!"

짐짓 엄한 태도로 설명을 요구하는 파울이었지만, 그의

목소리엔 전과 같은 위엄이 실려 있지 않았다.

난생처음 들어보는 파울의 약한 목소리에 한차례 침묵을 삼킨 전사들이 대답했다.

"아시지 않습니까? 저희 수준으로는 어차피 돌아가서 아무리 열심히 한다고 해도 전사장님처럼 되지 못합니다. 그런 저희가 마을에 돌아가 무엇을 할 수 있겠습니까?"

"맞습니다. 어차피 저희 정도의 녀석들은 마을에 가면 널리고 널렸지 않습니까?"

"그러니 가십쇼! 저희가 비록 약하긴 하지만, 그렇다고 다크엘프로서의 긍지조차 보이지 못할 만큼 무딘 놈들은 아닙니다!"

"저놈 몸뚱이에 생채기 하나라도 남기고 갈 테니 나머지는 전사장님께 부탁드리겠습니다!"

"이… 이 멍청한 놈들이……!"

그들의 말을 듣는 파울의 몸이 부들부들 떨려왔다.

조금 전… 두려움에 떨던 그와는 다른 떨림이었다.

"가십시오! 저희는 몰라도 전사장님이라면 후일 저 괴물을 쓰러뜨릴 수 있습니다!"

"부탁드립니다, 전사장님!"

"가세요!"

모두가 한마음 한뜻으로 외치는 전사들의 외침에 파울

의 어깨가 떨리고, 고개를 숙인 파울의 얼굴 위로 한 줄기 눈물이 흘러내렸다.

'이… 멍청한 놈들!'

그라고 이들이 어떤 심정인지 왜 모르겠는가.

전사장인 자신조차 몸이 떨려오는 상대를 앞에 두고 있다는 것이 어떤 것인지 그들의 대장인 자신이 왜 모르겠는가.

하지만 그럼에도 불구하고 이들은 스스로를 희생할 준비를 하고 있었다.

불과 얼마 전까지만 해도 죽기 싫다며, 심해왕의 장난질에 바닥을 구르던 녀석들이… 이제는 심해왕을 당당히 보고 서 있다.

지금 이 순간 꺾여 나가기 직전인 자신에게 그가 망각한 다크엘프 전사의 긍지를 다시 일깨우기 위해 그들은 목숨을 던지는 것이다.

단 한 사람을 위해.

바로 자신이… 잊어버리지 않게 하기 위해.

"이… 새끼들……!"

필사적으로 목소리의 떨림을 참는 파울이 여전히 등을 보인 전사들을 보며 욕설을 내뱉었다.

그러나 그의 목소리에 악의는 담겨 있지 않았다. 떨림

조차도 처음과는 달랐다.

"저리 비켜라!"

퍼억! 퍽!

저벅저벅.

일부러 거칠게 인벽을 헤치며 앞으로 나선 파울이 여전히 엠페러와 제로를 노려보는 심해왕을 향해 주먹을 들어 올리며 외쳤다.

"심해왕, 이 새끼야! 네놈의 적은 여기 있다!"

"전사장님!"

"파울 님!"

전사들은 당황했다. 그들이 바란 것은 이런 게 아니었다.

그들보다 훨씬 강한 파울이 마을로 돌아갔을 때 마음이 꺾인 채 회복되지 못할 것을 염려하여 스스로를 던진 것이었는데, 그것이 오히려 자극이 되어 파울을 앞세워 버렸으니 오히려 역효과를 내버린 것이다.

당혹스러운 그들의 외침에 파울이 전에 없이 무서운 미소로 그들에게 말했다.

"돌아가라! 그리고 가서 기다려라! 내가 돌아가면 이번에야말로 진짜 지옥 훈련이 뭔지 가르쳐줄 테니……! 뭐? 감히 나처럼은 될 수 없을 거라고? 다 한 놈 한 놈 마왕급으로 만들어 줄테니 먼저 가서 기다려라!"

너무나도 당당한 선언에 순간 파울의 말에 수긍할 뻔한 전사들이었지만, 이내 정신을 차렸다.

먼저 도망가는 거야 어렵지 않지만, 이어진 말이 얼마나 황당한 일인지 스스로 잘 알았으니 말이다.

이에 반박하고자 전사들이 앞다퉈 파울의 곁으로 모여들 때, 저 높은 곳에서 목소리가 울려퍼졌다.

"정말, 버러지들이 시끄럽기 짝이 없군."

지금껏 팔짱을 끼고 제로와 엠페러를 노려보고 있던 심해왕이었다.

어느새 풀었는지 교차되어 있던 팔 중에서, 그의 어깨 등 뒤로 새로 만들어진 팔 하나가 하늘 높이 올라가 있었다. 그리고 그 손에는 언제 회수했는지 모를 대못 하나가 쥐어져 있었다.

"위험해!"

도저히 싸우기 위한 자세라고는 할 수 없는 심해왕의 모습이었지만 지금 저것이 얼마나 위험한 공격인지, 지금껏 저것을 피해 다녔던 파울은 잘 알고 있었다.

그리고 그것이 얼마나 빠른지도, 지금처럼 옹기종기 모인 상태로 살아남을 수 있는 확률이 얼마나 희박한지도 말이다.

하지만 그럼에도 파울은 그의 소중한 전사들을 향해 위험을 경고했다.

설령 자신은 피하지 못하더라도, 정말 만약에라도 이 경고가 계기가 되어 저 어리버리한 녀석들 중 하나라도 살릴 수 있다면 헛된 외침이 되지 않을 거라는 생각이었기에… 파울은 허공으로 몸을 던졌다.

"늦었다."

싸늘한 심해왕의 중얼거림.

조금이라도 위력을 줄이기 위해 몸을 던진 파울의 눈앞으로 심해왕의 검지와 중지 사이에 튀어나온 대못이 확대되듯 따라붙었다.

"크하아아아아압!"

절체절명의 순간, 파울의 다리로 거대한 마기가 모여들고 이내 심해왕의 대못처럼 기다란 모양의 정(釘)이 불쑥 튀어나왔다.

마치 심해왕의 못을 꿰뚫을 듯이!

'부족하다……!'

하지만 그런 대단한 기술을 펼치는 와중에도 파울은 직감했다.

창졸간에 만들어진 이 '뭉툭한' 정으로는 심해왕의 대못을 파고들지 못할 것임을, 막을 수도, 튕겨낼 수도 없을 것임을 말이다.

"아직이다아아!"

그런 약해지는 생각의 틈새로 높다란 외침이 파고들었다.

쐐에에에액!

투박한 물체가 허공을 가르는 소리가 울려 퍼지고, 커다란 그림자가 파울의 시야를 가리는 순간.

파울은 자신의 발끝의 정이 순식간에 그것의 한가운데로 파고들고.

동시에 심해왕의 대못 역시 그것의 한가운데를 찌르며 두 개의 정이 한 점에 모였다.

쩌어어어어어엉—!

"이건……!"

쿠와아아아아앙!

무언가가 자신의 발끝에서 깨져 나가는 것을 확인함과 동시에, 그것이 무엇인지 깨달은 파울이 충격파에 휩쓸려 가는 와중에도 그것이 날아온 방향을 확인했다.

"바보 같은……!"

콰아앙!

"전사장님!"

그는 중얼거림이 미처 끝나기도 전에 폭음에 파묻혀 멀

어져 갔다.

이에 파울의 시선을 받은 벨라가 방패를 던지던 자세에서 멋쩍은 듯 머리를 긁었다.

"헤헤, 그래도 막았으면 됐지."

벨라의 말처럼 그녀가 던진 방패는 파울의 정과 심해왕의 대못이 만나는 순간, 기이한 공명과 함께 두 개의 공격을 완충해 냈고, 그 결과 심해왕의 공격을 완벽하게 막아낼 수 있었다.

심지어……!

"크아아아악!"

콰자자작!

공격을 가한 심해왕의 대못이 금을 가며 부서져 내렸고, 다시 한번 마력 기관 일부를 손실한 심해왕이 고통에 몸부림쳤다.

"휘유, 엄청나네."

쿠쾅! 쿠콰쾅!

바닥이며 벽을 마구잡이로 파괴하는 심해왕의 난동을 보면서 여유롭게 휘파람까지 부는 벨라였지만, 사실 그녀의 마음은 썩 편하지 못했다.

심해왕의 마력 기관을 부수고 다크엘프들을 살려낸 그녀의 방패는 조금 전의 대단한 업적을 끝으로 완전히 파괴되어, 사방으로 파편이 튀어나간 상태였다.

그렇지 않아도 훈련 중에 금도 갔고, 저런 엄청난 공격들 사이에 끼인다면 박살 날 것이라고 예상하고 있긴 했다. 하지만 그것과는 별개로 오래도록 사용해온 애병(愛兵)을 잃었다는 것에 그녀는 마음이 썼다.

심지어 그녀는 이제 무장이 더 이상 없었다.

짝!

"그래도 이렇게 포기할 수는 없지!"

양 볼을 소리 나게 때리는 것으로 정신을 차린 벨라가 격투기 자세로 양손을 들었다.

비록 파울과의 대련 과정에서 곁눈질로 배운 것뿐이지만 그녀가 체험한 경지가 결코 낮지 않으니 벨라는 무기 없이도 충분히 강하다고 할 수 있었다.

물론······.

"그래도 이렇게 큰 거랑 싸우는 법은 배운 적 없는데 말이야······."

괴로워하는 심해왕을 올려다보는 벨라가 남몰래 한숨을 쉬었을 때.

자연스레 들어 올린 그녀의 양팔에 검은 기운이 서렸다.

"어, 어어?"

난생처음 보는 괴이한 현상에 벨라는 그것을 떨쳐내고 자 손을 벌려 흔들고자 했지만, 손은 마치 무언가에 고정 이라도 된 듯 움직이지 않았다. 거기에 순식간에 부피를 키운 검은 기운에서는 어느 순간 중량감마저 느껴지기 시 작했다.

그리고 마침내.

"이거… 방패?"

널찍한 카이트 실드 모양의 커다란 방패.

그것은 원래 벨라가 쓰던 방패와는 형태가 꽤 달랐지 만, 어째서인지 그 감촉만큼은 손에 맞춘 듯 아주 잘 맞 았다.

'가볍고… 단단해.'

검은 광택이 돋보이는 카이트 실드는 특별한 장식 하나 없는 매끈한 형태만 존재하고 있었다. 그러나 그것을 들 고 있는 벨라는 직감적으로 알 수 있었다.

이 기이한 방패는 그전까지 그녀가 사용하던 방패보다 갑절은 튼튼한 것이라고.

그때, 이런 벨라의 이해를 돕기라도 하듯, 파울이 먼지 구덩이에서 몸을 일으키며 말했다.

후드드득—

"역시, 평범한 물건은 아니라고 생각했는데 그런 게 숨어 있었나?"

"네?"

당장 눈앞에 심해왕이 날뛰고 많은 이들이 긴장된 표정으로 이를 지켜보는 가운데 파울과 벨라, 그리고 다크엘프 전사들은 어쩐지 여유가 있었다.

아마도 한순간 죽음의 문턱에 다녀온 덕분일 수도 있었고, 혹은 파울과 벨라의 합격이 심해왕의 공격을 막아낸 것에 자신감이 생겨서였는지도 몰랐다.

그런 기묘한 여유 속에서 조금 전의 충돌에서 피해 따위는 입지 않았다는 듯 순식간에 벨라의 곁에 선 파울이 그녀의 새로운 방패를 퉁퉁 튕기며 말했다.

"전에 네 방패에 금이 갔을 때, 안에서 흘러나오는 기운이 심상치 않아서 눈여겨봤지. 그런데 설마 그만한 마도구였다니… 통짜 미스릴 합금으로 봉인해 둔 이유도 알법하군."

"에? 예?"

파울의 말에 벨라는 혼란스러운 표정이었지만 사실 아이템을 볼 줄 아는 사람이라면 누구나 파악할 수 있는 정보였다.

예전 제로가 통짜 철이라고 생각했던 벨라의 방패는 미스릴 합금으로 주조된 방패였고, 그 덕에 수백 레벨 몬스터를 상대로 아무리 공격을 막고 부숴도 깨지지 않았던 것이다. 물론 마계에 와서 몬스터와는 비교가 되지 않는 파울과 밤낮 없이 전투를 벌인 덕분에 금이 가긴 했지만, 따지고 보면 자그마치 파울의 공격을 그렇게 오랫동안 막을 수 있었던 대단한 방패였던 것이다.

하지만 이런 방패도 사실 방패로서는 하자품이라고 할 수 있었는데, 고급 아이템이라기엔 만들어진 방식이 너무 단순 무식해서 미스릴이 포함된 장비임에도 무지막지한 강도를 제외하곤 아무런 옵션이 없었던 것이다.

물론 이것을 평범한 방패로만 알고 있던 벨라나, 방패라는 것 자체가 생소했던 엘프들은 이를 전혀 수상하게 생각하지 않았다. 하지만 말했다시피 아이템을 좀 안다는 사람들에겐 수상하기 짝이 없는 물건이었다.

"그 방패, 마계의 물건이다. 그것도 상당한 고위의 아티팩트지. 그게 중간계로 떨어졌다면 습득자는 아마 흘러나오는 마기를 제어하려고 미스릴을 섞어서 통째로 봉인했을거다. 그리고 효과는……."

그렇게 말하며 벨라의 방패 안쪽을 만지던 파울은 순간 방패의 안팎을 동시에 때렸다.

그러자 작은 파열음과 함께 방패가 공명하고, 이내 파울이 조금 전 방패를 때린 양손을 들어 올렸다.

"안쪽에서의 공격은 증폭, 외부의 공격을 약화시킨다. 정확한 수치는 모르지만… 아까 내 발차기로 심해왕의 공격을 막을 정도였으니 몇 배는 될 테지."

실제로 파울이 내보인 양손 중 방패의 바깥을 때린 손은 충격을 입은 듯 살짝 떨리고 있었다.

"방어력에 치중한 일반적인 방패병이라면 상대의 공격력을 분산시키거나 튕겨내는 것이 주요한 옵션일 테지만, 너처럼 네 자신의 공격력이 갖춰진 상태라면 아마 충분히 도움이 될거다."

"에……."

머엉.

오래도록 사용해 온 방패의 급작스러운 변화와 비밀에 잠시 멍해져 있던 벨라였지만 이내 정신을 차린 것인지 눈을 빛내며 방패를 들어 올렸다.

"잘은 모르겠지만… 이 방패 좋다는 거죠?!"

주변 환경(?) 덕에 특수 아이템에 대한 이해도가 부족한 벨라는 그렇게 이해한 듯싶었다.

"뭐, 결론만 말하자면… 그렇지."

"아싸! 제로! 내가 도와주러 갈게!"

다다닷!

쓴웃음을 지은 파울의 대답에 환호한 벨라가 심해왕이

혼란에 빠진 틈을 타, 엠페러를 거꾸로 든 채 흔들고 있는 제로를 향해 상큼하게 달려가 버렸다.

피식.

그 뒤로 헛웃음을 흘린 파울은 멀어져 가는 벨라의 등을 보며 전사들을 향해 말했다.

"너희도 지지 마라."

"옙!"

평소보다도 단단한 대답이 쩌렁쩌렁 메아리쳤다.

"이 버러지 같은 놈들……!"

고오오오!

못이 파괴된 충격으로부터 벗어난 후 한결 강렬해진 심해왕의 기세가 성내의 사람들을 뒤흔들어 놓았다.

"크, 진짜 괴물이네!"

"그래도 아까 고통스러워하는 것을 보면… 아주 불가능한 건 아니야!"

모두가 마계 초행길인만큼 마족에 대해 쥐뿔만큼의 지식도 없는 이들이 대다수였지만, 그런 그들도 앞서서 연달아 확인한 심해왕이 괴로워하는 모습을 보며 자신감을 갖게 되었다.

뿐만 아니라 그가 무기로 사용하는 못이 파괴될 때마다 괴로워한다는 것을 보고 대못이 오히려 약점이 될 수 있다는 것을 파악한 이들도 적지 않았다.

그리고 이들 중 엘리멘탈 파이브의 대장 레드는 유달리 이런 면에서 눈치가 빨랐다.

"저거… 패턴인가?"

"응?"

기세등등하게 각자 무기를 들고 나섰지만, 엘리멘탈 파이브 일행은 나서기 무섭게 등 뒤에서 팔이 돋아난 심해왕을 보고 잠시 자리에 쫄아 있었다.

그런 와중에 레드가 갑자기 의미심장한 말을 하니, 평소 주변의 바보들보다 상대적으로 침착한 그린이 되묻지 않을 수 없었다.

"그렇지 않나, 그린? 지금 심해왕은 대못이라는 약점을 파괴당하고 계속 일정 시간 동안 몸부림을 쳤잖아? 그건 일반 게임으로 말하면 이른바 딜 타임 같은게 아닐까?"

"…그럴듯하네."

확실히 대못이 파괴된 심해왕은 마왕이라는 엄청난 존재라기에는 조금 민망할 만큼 오랜 시간 괴로워하며 난동을 부렸다.

이는 마왕으로 있으면서 고통이란 감각이 생소해진 심해왕이 오랜만에 느끼는 감각에 보다 예민하게 반응하는 탓도 있었지만, 사실 레드가 말한 대로 그 자체가 일종의 패턴이기도 했다.

상대가 아무리 마왕이고 심해왕이라고 할지라도 결국엔 유저가 상대해야 하는 몬스터다.

물론 단순히 몬스터라기엔 너무 높은 위치에 있는데다 뛰어난 지성까지 갖추고 있지만, 결국 공략의 대상인 것은 변함이 없다. 몬스터의 상위 존재라면 패턴이 있을 수밖에 없었다.

그중 레드가 발견한 것은 힘들게 심해왕의 무기 하나를 박살 낼 때마다 보상 격으로 주어지는 추가 공격 시간이었다.

"확실히 조금 전 난동은 위협적이긴 했지만… 굉장히 단순한 움직임이었지."

괴로움에 몸부림치는 심해왕은 함부로 가까이 가기 힘들 만큼 위협적이었지만, 아까의 제로나 다크엘프들처럼 몸놀림이 빠르다면 파고들 만한 여지가 충분히 있는 정도의 움직임이었고, 몸부림 중에 휘두르는 팔이며 꼬리는 비교적 느리기 때문에 꼬리나 손에 공격을 해 데미지를 누적시킬 수도 있었다.

"이거… 공략법이 슬슬 보이는군."

"그래, 확실히 저 대못들만 부순다면……"

레드의 말에 동조하며 자신감을 얻은 블루와 그린이 다시 전투 태세에 돌입한 심해왕을 보며 미소 짓자, 이를 가만히 지켜보던 옐로우가 다가와 말했다.

"그래? 그럼 저건 딜 타임 이후에 페이즈 변화인가 보지?"

"…음?"

"……."

무언가를 가리키는 옐로우의 손끝, 그곳엔 네 개의 손에 든 대못을 다양한 무기로 바꾼 심해왕이 눈을 부라리고 있었다.

이글이글 타오르는 눈길.

칙칙한 회색빛이 감도는 각양각색의 무기.

그것을 확인한 내 손길이 다급해졌다.

"빨랑 뱉어! 뱉으라고!"

탈탈탈탈!

"주, 주인! 멀미 난다……!"

급속 탈수에 버금가는 빠른 털기로 엠페러를 뒤집어 흔드는 내 눈에는 아까 봤던 입 안의 반짝이는 물체가 아른거리고 있었다.

'그거야! 그거밖엔 없어!'

대체 어디서 주워 먹었는지는 알 수 없지만 그것은 분명 마수족의 신물임에 틀림없었다.

전쟁통에 잃어버렸다는 신물과 마찬가지로, 전쟁통에 없어진 마계 펭귄족의 후계자, 그 후계자가 우연찮게 신물을 얻었다고 해도 어색하지 않은 이야기였다.

물론 어색하지 않다뿐 비약이 있었으니 아닐 가능성도 농후하지만, 정황상 그렇게 보일뿐더러, 일단 저것이 지금 엠페러의 능력을 크게 강화시키고 있음에는 틀림없었다.

누가 뭐래도 가장 가까이서 엠페러를 봐왔던 만큼, 나는 기존의 엠페러에겐 저런 능력이 전혀 없었음을 잘 알고 있었다. 그러니 무언가 있다고 하면 저 입 안에 있는 어떤 것의 효과일 수밖에 없었다.

"뱉지 못하겠으면 어떻게 쓰는지라도 알아내 봐, 좀!"

"나도 모른다, 주인! 그냥 저 혼자……! 우욱!"

한창 거꾸로 매달려 떠들던 중 결국 멀미가 온 것인지

부리를 틀어막는 엠페러의 모습에 흠칫한 나는 슬며시 엠페러를 내려놓으며 물었다.

"괜찮냐?"

"우우웁……!"

그간 손에 들고 아무리 휘둘러도 안색 하나 안 바뀌던 엠페러였으니 이 정도는 해줘야 나올 거라는 생각에 마구잡이로 흔든 게 문제였나보다.

결국 엠페러의 힘들어하는 모습에 한발 물러선 나는 금방이라도 토할 것만 같은 엠페러의 등을 쓰다듬다 문득, 이런 상황을 어디선가 봤다는 기분에 고개를 갸웃거렸다.

'뭐지? 데자뷰?'

툭툭!

정체를 알 수 없는 기시감에 이상을 느끼는 찰나, 결국 엠페러가 참지 못하고 토악질을 시작했다.

"우웨엑!"

"야야, 조심해!"

급히 엠페러의 뒤로 물러서던 나는 꺼림칙한 와중에도 엠페러의 등에서 손을 떼지 않았고, 그 덕에 기묘한 기시감의 정체를 확인할 수 있었다.

"웨에에엑!"

화아아아아악!

찌—찌찌적!

앞서 한차례 본 바 있는 입김이 순식간에 바닥을 타고 번져 나가며 주변의 온도를 급속도로 떨어뜨렸고, 닿는 모든 것을 얼려 버리기 시작했다.

덕분에 우리를 향해 달려오던 벨라가 깜짝 놀라 몸을 피했고, 이를 지켜보던 다른 이들도 나와 엠페러로부터 한 발짝 멀어졌다.

그리고…….

"호오, 결국 네놈들이 가장 먼저 죽고 싶다는 게로구나."

쩌억— 쩌저적!

자신의 얼어붙어 가는 돌로 된 하반신을 본 심해왕의 시선이 나와 엠페러를 향했다.

"아… 저기, 그게, 꼭 그렇다는 얘기는 아니라……."

엠페러의 브레스(?)가 아직 끝나지 않은 상황에서 적의 가득한 심해왕의 부담스러운 시선을 피하던 나는, 이내 머리 위로 내리 꽂히는 심해왕의 커다란 직도에 엠페러를 들고 크게 뒤로 뛰었다.

파앗!

"쥐새끼 같은 놈!"

전력을 다해 몸을 날린 만큼 꽤 여유롭게 심해왕의 칼

질을 피하긴 했지만, 심해왕의 공격은 끝난 것이 아니었다.

"어디 계속 피해 보거라!"

쿠쿵! 쿠쿠쿵!

심해왕이 대못에서 변형시킨 무기들, 검과 철퇴가 차례차례 내가 선 자리로 떨어지며 무시무시한 굉음을 뿜어냈다. 이를 간신히 피해낸 내가 다시 하늘을 쳐다 봤을땐, 이미 심해왕의 창이 코앞에 도달한 상태였다.

연속된 공격에 자세가 흐트러져 네 번째 공격에 이르자, 더 이상 쉽사리 피할 수 없게 된 것이다.

"제에에엔장!"

이제와 몸을 날린다고 한들 한계는 명확한 상황.

결국 아크로바틱의 효과를 믿고 몸을 비트는 것이 최선인 그때, 나름의 대응으로 엠페러를 곧장 앞으로 던졌다. 나와 함께 있다가는 공격의 여파를 받는데다 아직 브레스를 토하고 있는 엠페러를 심해왕 가까이 날려 보내는 것으로 무언가 조금이라도 피해를 줄 수 있지 않을까 하는 계산이었다.

그러나.

"안 돼, 멍청아!"

방금 손에서 날아가기 직전까지만 해도 브레스를 토하

느라 인사불성이던 엠페러였건만, 어쩜 그리 타이밍이 잘 맞아떨어지는지, 바닥을 스치듯 날던 엠페러가 시원하게 트림을 하며 불쑥 고개를 들었다. 동시에 나를 쫓던 창의 궤적이 기적처럼 바뀌었다.

"꺼어억, 이제 살겠……."

퍼어어억!

쿠콰아아아아앙—!

"……."

충돌음과 함께 먼지구덩이로 사라져 버리는 엠페러.

"엠페러?"

그 어처구니없는 장면에 다시 한번 엠페러의 이름을 속삭였지만.

"……."

후두둑— 투둑.

그저 하늘 높이 치솟았던 돌 쪼가리들이 바닥과 마주치는 소리만 울려 퍼질 뿐, 엠페러의 목소리는 들려오지 않았다.

이 허무한 상황이 믿기지 않아 그 후로도 몇 번이나 더 엠페러의 이름을 불렀지만, 돌아오는 것은 여전히 침묵뿐이었다.

"엠페러?"

…….

 망연자실한 표정으로 아직 걷히지 않은 먼지구름을 보며 중얼거리는 내 모습에, 참으로 통쾌하다는 듯 심해왕이 웃어 보였다.

 "크흐흐흐…! 역시 맷집 좋은 펭귄 놈들이라 손맛이 좋군!"

 불길하기 짝이 없는 괴소를 흘리며 자신의 창을 회수한 심해왕이 개운해졌다는 듯, 기쁨으로 타오르는 눈을 움직이며 말했다.

 "이번엔 네놈 차례다!"

 겁에 질린 내가 사색이 되어 뒷걸음질 치자, 그것이 또 유쾌하다는 듯 심해왕이 시원하게 웃어젖혔다.

 "크하하하하! 그래! 그 표정, 그 모습이다! 그것이 네놈들이 내 앞에서 해야 할 행동인 것이다!"

 그야말로 온 힘을 다해 웃는 듯, 검과 도마저 바닥에 팽개쳐 두고 비어 있는 손으로 아랫배를 움켜잡는 심해왕의 모습은 그야말로 조롱의 정석을 보여주는 듯했다.

 그런 심해왕의 모습에 분함을 감추지 못한 나는 고개를 푹 숙였다. 하지만 그것조차 그를 기쁘게 한다는 듯 심해왕은 더욱 크게 낄낄거릴 뿐이었다.

 나는 고개를 숙인 채 조용히 중얼거렸다.

"지금이야."

"ㅋㅎㅎㅎ… 으, 으응?"

"우에에에엑!"

순간 이상함을 느낀 심해왕이 뒤늦게 자신의 발치를 보았지만… 그의 커다란 그림자 속에 몸을 숨긴 작은 펭귄을 찾기란 요원한 일이었다.

쩌저적— 쩌어억!

"이, 이런! 말도 안 되는!"

주변의 기온이 급격하게 떨어졌다. 내려놓았던 두 개의 무기는 물론, 자신의 뱀 모양 반신마저 순식간에 얼어붙는 것에 당황한 심해왕이 두리번거렸다.

"그러게 막타를 잘 확인을 하셨어야지!"

숙이고 있던 고개를 상큼하게 치켜 들며 빈정거린 나는 지금쯤 토하며 달리기라는 최악의 경험을 하고 있을 엠페러를 떠올리며 내심 안도의 한숨을 내쉬었다.

'휴, 그래도 어떻게 잘 먹혔네.'

사실 지금의 작전은 굉장히 즉흥적인 행동으로 사전에 아무런 계획도 하지 않은 일이었다.

실제로 내가 엠페러를 던졌을 당시에는 엠페러의 브레스가 멀리서도 심해왕에게 피해를 입히는 것을 봤으니 조금이라도 가까이 가서, 몸도 피하고 공격도 할 수 있으면 해보라는 식의 대충 짜낸 얄팍한 생각이었을 뿐이다.

그런데 재수없게도 때마침 브레스를 끝낸 엠페러가 날아가는 도중 고개를 들었고, 본래대로라면 아슬아슬하게 창을 피해갔을 엠페러가 공중에서 창을 맞고 말았다.

그렇다. 맞았다.

지금은 이렇게 여유롭게 웃고 있지만, 엠페러가 창에 정통으로 맞았음을 깨달았을 때는 정말이지 등골이 오싹했다.

또 내 실수로 동료 하나를 보낸다는 생각이 들었다. 맨 처음 내가 내뱉은 물음은 진심이었다.

하지만 그 찰나의 순간, 소환수인 엠페러가 사망했음에도 아무런 표시가 되지 않는다는 사실과 엠페러가 소환수인 이상 설령 역소환된 상태라고 해도 상태를 확인할 수 있음을 깨달은 나는 엠페러가 창을 정통으로 맞고도 여전히 쌩쌩하게 살아 있음을 확인했다.

그리고 순간적으로 이런 수를 생각해 낸 것이었다.

물론 순전히 엠페러의 임기응변에 맡긴 계획이긴 했지만.

'자기가 죽지 않은 걸 뻔히 알 텐데 내가 갑자기 연기하는 걸 봤으니 알아차렸겠지.'

단순히 바보일 뿐 이런 상황에서 눈치가 빠른 엠페러는

훌륭하게 자신의 역할을 해주었다.

아니, 당황해하는 심해왕의 모습을 보면 이미 기대치를 넘어선 훌륭한 수확이었다.

'짜식, 돌아오면 칭찬 좀 해줘야겠어.'

그렇게 흐뭇한 눈으로 엠페러의 깽판질을 바라보는 사이, 혼란스런 상황에도 정신을 차리고 곁에 온 벨라가 물었다.

"괜찮아? 이거 계획대로인거지?"

"으, 으응? 그렇지! 계획대로야!"

어딘지 미심쩍다는 듯 의심스러운 눈초리를 하는 벨라의 모습에 찔끔한 나는 주의를 돌리고자 벨라가 들고 온 새로운 방패에 대해 물었다.

"새 방패를 얻은 거야?"

"응? 응! 정확히는 원래 있던 방패의 진짜 모습이지만."

"호오?"

벨라는 새로 얻은 방패가 상당히 마음에 들었는지 방실방실 웃으며 가볍게 방패의 기능을 소개했다. 그것을 들은 나는 꽤 놀랄 수밖에 없었다.

'외부의 공격을 약화하고 내부의 공격을 강화한다고? 굉장한 물건이잖아?'

아이템의 능력에 관해 잘 알지 못하는 벨라야 별거 아니란 듯 말했지만, 나는 듣는 것만으로도 그 아이템이 얼마나 뛰어난 것인지 대략 알 듯했다.

'아까 저 다크엘프를 구한 것도 저 방패의 효과였겠구만.'

심해왕의 행동 하나하나에 주의가 쏠려 있던 만큼 다크엘프들과 심해왕의 대치 역시 세심히 관찰했다. 그 와중에 파울이라 불린 대장 다크엘프가 심해왕의 공격을 정면으로 상대하고도 죽지 않은 것에 대해 속으로 감탄을 했는데, 벨라의 이야기를 들어보니 벨라의 방패가 그를 살렸다는 것을 알 수 있었다.

'저 다크엘프의 능력이 얼마나 뛰어난지는 알 수 없지만, 어쨌거나 벨라의 방패가 있다면 안팎의 공격을 동시에 맞추는 것만으로도 심해왕의 공격력을 상쇄할 수 있다는 것이니 큰 도움이 될 거야.'

만일 심해왕이 평범한 사람 크기만 됐어도 방패의 효과를 통해 공격을 하는 방법도 고려했을 테지만, 거체의 심해왕인만큼 위기의 순간 방어 수단이 있다는 것만으로 만족해야 할 듯했다. 물론 그도 감지덕지였다.

"그나저나… 쟤는 계속 저렇게 둘 거야?"

"음? 아니, 이제 곧 불러야지."

내가 벨라의 방패에 대해 생각하는 사이, 걱정스러운 눈으로 엠페러가 있을 법한 방향을 쳐다보는 벨라의 말에 내가 적당히 고개를 끄덕였지만, 사실 당장에 부를 생각은 별로 없었다.

지금 워낙 잘해주고 있는 탓이기도 했고, 여차하면 만능 구조 스킬인 역소환과 소환 콤보가 있는 만큼 여유가 있었다.

뿐만 아니라…….

'엠페러 녀석, 방어력이 말도 안 되게 좋아졌거든.'

엠페러가 그저 브레스를 쓸 수 있게 된 것뿐만 아니라 스피드나 방어력 등 전반적인 능력치가 늘었다는 것은 방금 전에 안 사실이었다.

엠페러가 심해왕의 창에 맞고 얼마 지나지 않아 엠페러의 상태창을 확인했을 때, 나는 의외의 내용에 놀랄 수밖에 없었다.

자그마치 마왕이라는 녀석의 공격을 정통으로 맞은 엠페러의 체력이 10%도 채 깎이지 않은 것이었다.

'과연 심해왕과 앙숙이라던 마계 펭귄족이란 말이지.'

그게 순전히 왕족인 엠페러만의 특징인지, 아니면 종족 전체의 특징인지는 알 수 없지만 어쨌거나 엠페러가 저 네 개의 팔에 한 대씩 맞는다고 하더라도 체력이 반 이상이 남는다는 점은 마음을 한결 편하게 했다.

거기에 지금은 아슬아슬하게나마 심해왕의 공격을 피하고 있으니, 아무리 심해왕이 엠페러의 냉기에 의해 둔화되어 있다고 해도 대단한 일이 아닐 수 없었다.

'심지어 다크엘프들도 죽어나가고 나도 죽을 뻔했던 건데 말이지.'

저게 얼마나 더 통할지는 모르지만 어쨌거나 저렇게 눈에 보이는 민첩함만으로도 엠페러는 능력치 상의 변화가 있는 게 분명했다.

"주인!"

"음? 크게 위험해 보이진 않았는데……? 역소환!"

파아아앗!

심해왕의 주먹이 닿기 직전 빛으로 화해 사라지는 엠페러를 보며 꽤 여유가 있던 상황의 구조 요청에 대해 생각하는 사이, 다시 불러낸 엠페러가 상황을 설명했다.

파―아아앗!

"주인! 멀리 피해라!"

"갑자기 무슨 말이야?"

"이제 곧 진짜로 시작할 거다, 주인!"

그렇게 말하며 한층 빨라진 뒤뚱거림으로 심해왕으로부터 최대한 거리를 벌리는 엠페러의 모습에, 나는 물론이고 이 대치를 지켜보던 모두가 거리를 벌려 나갔다.

그러자 기다렸다는 듯 심해왕에게 변화가 일기 시작했다.

꽈드득! 꽈자작!

"이놈들… 나를 진정 화나게 하는구나!"

'뭐야? 아직도 변신할 게 남았어?'

장식 같던 대못이 무기가 되고, 등 뒤에 팔이 돋아나는 변화를 거치고도 아직도 숨겨진 게 많다는 듯 분노한 심해왕의 몸에서 알 수 없는 파열음이 울려 퍼졌다.

아니, 정확히는 엠페러가 요리조리 피해 다니며 뿌려 댄 냉기에 서리가 어린 그의 하반신에서 들리는 소리였다.

꽈직—! 후두두둑!

"염병… 무슨 카카로트도 아니고. 몇 톤짜리 갑옷 벗기냐!?"

"카카로트가 누구냐, 주인?"

하반신의 돌 갑옷을 조금씩 벗겨내며 무시무시한 눈으로 우리를 쳐다보는 심해왕을 보며 내뱉은 감상은, 위기에 처하면 계속해서 강해지는 주인공의 모습이었다.

"설마 앞으로 몇 번 더 변신해야 하는 건 아니겠지?"

"그건 아닐 거다, 주인."

"…너 잘 아네?"

"엣헴! 난 수백 년 전에 심해왕을 봤던 몸이다, 주인!"

근원을 알기 힘든 자만심을 보이며 가슴을 부풀리는 엠페러의 모습은 근래에 드물게 눈꼴 시린 모습이었지만, 나는 그 말을 인정하지 않을 수 없었다.

'확실히… 이 녀석이 바보긴 해도 엄청 오래 살았으니까.'

심해왕이 마왕이 되기 전 전쟁을 직접 보았을 녀석이니 심해왕이 어떠한 본모습을 가지고 있는지에 대해 여기 있는 이들 중 엠페러만큼 잘 알고 있는 사람도 없을 터였다.

"일단은 이게 마지막이란 말이지……."

내가 침착하게 전황을 파악하는 사이.

심해왕의 서리가 어린 돌 비늘이 무더기로 벗겨져 나가고, 돌로 된 피부 아래 매끈한 물고기의 하반신이 드러나기 시작했다. 예전 심해왕의 동굴 입구에서 보았던 심해왕의 모습이었다.

그리고 그때, 엘리멘탈 파이브가 앞으로 나섰다.

"엘리멘탈 파이브! 지금이다아아아앗!"

"변신 중에 공격은 예의가 아니긴 하지만……!"

"그린, 언제적 얘기를 하는 거야? 요즘엔 다 이렇게 한다고."

와다다다닷!

황당한 소리를 내뱉으며 이른바 변신 중에 있는 심해왕에게 달려드는 엘리멘탈 파이브는 그야말로 부나방과 같은 모습이었다. 모두가 그 어처구니없는 광경에 할 말을 잃었을 쯤, 가장 선두에서 그들을 이끌던 레드가 심해왕을 향해 날아들었다.

"인챈트 파이어! 커터 슬래셔!"

스카카칵!

푸화화아악!

레드는 예전 불붙은 체인을 만들기 위해 기름을 붓고 불을 붙이던 모습에서 마법으로 불 속성을 부여하고, 그때는 없던 공격 스킬까지 사용해 공격을 가했다. 스킬의 효과로 불꽃이 순간 타올랐지만 이내 사라지자, 레드가 혀를 찼다.

"쳇! 역시 이 정도로는 안 되나?"

"으라차차! 나도 간다! 아이스 빠께쓰, 중량 강화!"

투콰아아앙!

싸아아아—!

조금 전 불이 붙었던 곳 바로 옆으로 블루가 휘두른 아이스 빠께쓰가 적중하자, 조금 전 레드의 공격이 그랬던 것처럼 냉기 공격 효과가 나타났다. 하지만 엠페러의 그것에는 미치지 못하는 듯 약간의 서리가 생기며 공격의 흔적이 남을 뿐이었다.

"나도 간다아아앗! 부패의 송진!"

촤학!

블루의 공격이 끝나기 무섭게 연달아 들어온 그린의 공격은 차마 공격이라고 부르기 민망할 만큼, 별다른 임팩트 없이 잎이 무성한 나무가 심해왕의 몸을 부비고 지나가는 것에 불과했다. 하지만 의외로 스킬의 효과는 가장 크게 나타났다.

울렁!

"방어력 높은 놈을 잡을 땐 역시 도트 딜이지!"

마치 심해왕의 물로 된 몸에 물감이라도 빠뜨린 듯, 그의 검은빛 몸과는 확실하게 차이를 보이는 보랏빛의 얼룩이 점차 범위를 넓혀가는 것을 보며 그린이 환호했다. 하지만 이를 본 나머지는 아무도 웃을 수 없었다.

'한 대씩 때린 거는 좋지만… 죽는다고!'

최소한 우리가 보기에는 그랬다.

아무리 그것이 심해왕에게 티끌만 한 피해밖에는 안 된다고 해도 상대는 자존심 높은 괴물이었다. 지금이야 이 황당한 상황에 심해왕이 아무런 행동도 취하지 않고 있지만, 조금 있으면 정신을 차리고 공격을 가할 터.

그렇다면 저들은 맨 처음 죽었던 다크엘프가 그랬던 것처럼 곤죽이 될 수밖에 없었다.

'아까 달려가는 모습을 보니 별다른 이동기도 없는 거 같았는데⋯⋯.'

만일 그들에게 돌격형이든 회피형이든 재빠른 이동기가 있었다면, 물리 공격 형태로 펼쳐지는 자신들의 공격에 가속도를 더하기 위해서라도 스킬을 사용해서 움직였을 터였다.

그러나 그런 모습은 전혀 보이지 않았으니, 저들에겐 심해왕의 공격을 피할 만한 수단이 없을 게 뻔했다.

"이⋯ 버러지 놈들이⋯⋯!"

"죽어라아아!"

"죽어! 죽어!"

"독성 강화! 포이즌 포그!"

결국 자신의 허리 어림에서 펄쩍펄쩍 날뛰는 엘리멘탈 파이브들을 발견한 심해왕이 그들을 노려보며 중얼거렸지만, 엘리멘탈 파이브 중 그 누구도 이에 신경 쓰는 사람이 없었다. 그리고⋯ 심해왕 역시 어떠한 행동도 하지 않았다.

그저 바라만 보고 있을 뿐.

"이놈들! 반드시 죽여 버릴 테다!"

"어디 한번 죽여보라고, 생선 새꺄! 너 같은 악의 무리가 정의의 사도를 이길 수 있을 거 같냐? 파이어 담배빵!"

"레드! 그런 거 대꾸할 시간에 한 대라도 더 때려! 그리고 그 스킬 포인트 없다고 하더니 그건 또 언제 찍은 거야!"

"거기에 엄밀히 말하자면 악의 무리도 아니지, 상대는 하나뿐이니까."

푸화아아악!

"이놈드으으을……!"

심해왕의 분노를 여유롭게 받아치며 담배빵이라는 신개념 기술을 선보이는 레드와, 서로 만담까지 주고받는 엘리멘탈 파이브. 그리고 이를 멍청하게 쳐다보며 이를 갈고 있는 심해왕의 모습은 부조화 그 자체라고 할 수 있었다.

그렇게 얼마나 지났을까, 레드가 돌연 몸을 크게 뺐다. 심해왕의 갑각이 거의 다 떨어졌을 무렵이었다.

"후퇴!"

"젠장! 생각보다 훨씬 단단한 놈이네!"

"이럴 줄 알았으면 독 위주로 더 분배하는 건데!"

정의의 사도 엘리멘탈 파이브라는 컨셉을 위해 당당하

게 잡캐의 길을 걸어온 그들은 컨셉을 지키기 위한 기회비용으로 잃은 데미지를 참으로 오랜만에 아쉬워했다.

"젠장, 전 세계에 엘리멘탈 파이브를 알릴 수 있었는데……!"

그리고 이들 중 심해왕의 변신 순간, 다른 말로 페이즈변화 타임을 노리고 있던 레드는 누구보다 크게 아쉬워했다. 정의의 사도라는 이름을 널리 떨치기 위해 그간 수많은 고련 끝에 예전보다 훨씬 강력한 스킬들을 수련했고, 보다 결정적인 장면을 만들기 위해 '딜 타임'이라는 정보도 공유하지 않고 돌격한 것치곤 그 성과가 너무 미미했던 것이다.

'그래, 이대로 물러설 수는 없지……!'

"전원 정지!"

끼이이익!

"레드! 갑자기 멈추면 위험하잖아!"

"무슨 일이야? 심해왕은 변신이 거의 끝났다고!"

레드를 따라오던 블루와 그린이 그들이 예상한 한계 시간에 도달한 심해왕의 변신을 보며 발을 동동 구르자, 레드가 비장한 목소리로 그들을 진정시켰다.

"엘리멘탈 파이브 제군들……! 이대로 우리가 돌아간다면 우린 세계적인 웃음거리가 되고 말아!"

"지금 그걸 따질 때가 아니야, 레드! 잠시 뒤면 죽는다고!"

"……."

그린이 레드에게 이성을 챙기라는 듯 윽박질렀지만, 레드는 물론이고 블루도 의외로 대꾸를 하지 않았다.

"그래, 확실히 그렇겠지."

"블루! 너까지!"

자신들의 돋보임을 위해 치졸한 방법까지 강구했던 것치고는 아무런 성과도 없이 도망치는 것은 폼생폼사, 컨셉을 위해 목숨 바쳐 사냥한 그들에게 있어 모욕과도 같은 일이었다.

"멍청아! 우리가 이 레벨을 올리기 위해 했던 일들을 잊었어? 우린 이보다 더한 짓도 얼마든지 했다고!"

자리에 우뚝 멈춰 선 레드와 블루를 향해 그린이 지극히 이성적인 말을 했지만, 그 둘은 더 이상 그린의 말을 받아들일 생각이 없어 보였다.

"그래, 확실히 잡캐인 우리는 강자급의 레벨에 오르기 위해서 진흙탕을 구르는 것도 마다하지 않았지만… 지금은 달라!"

"뭐가! 대체 뭐가 다르단 거야! 지금 죽으면 우리가 그렇게 열심히 모은 아이템이며 경험치가 없어진다고! 부활하고 여기로 아이템을 찾으러 오기라도 할 거야?!"

흥분을 감추지 못하는 그린의 양 어깨 위로 각각 두 사람의 손이 올라왔다. 그들은 그린이 잊고 있는 한 가지 사실을 주지시켜 주었다.

"하지만… 세계가 보고 있다."

"우리끼리 진흙탕을 구르던 때와는 다르다."

"…그건!"

그 말에 대해서는 그린도 반박할 말이 없는지 우물쭈물거렸다. 누구보다 이성적인 그린이었기에, 전 세계에 생중계 중인 이 상황이 방송을 타면 그간의 노력이 놀림거리가 될 것임을 깨달은 것이다.

"그걸… 하자!"

"설마……."

끄덕.

그린의 침묵을 긍정의 의미로 받아들인 레드가 비장한 분위기 속에 그린과 블루에게 무언가 지시를 내렸다.

그리고.

"젠장! 이젠 나도 모른다고! 레드! 블루!"

"맡겨줘! 우리의 엘리멘탈 포스는 무적이야!"

"크흐윽! 이걸 전 세계 사람들이 보는 앞에서 공개하게 될 줄이야!"

그렇게 말한 그들은, 레드를 가운데 무릎 꿇려 두고, 각자 양 옆으로 한쪽씩 손을 뻗은 포즈로 그린과 블루가 레드를 붙잡고 서 있는 자세를 취했다.

"다들… 준비 됐지?"

끄덕.

무언의 고갯짓으로 긍정의 표시를 취하는 레드. 그와 동시에 주변의 공기가 무겁게 변하기 시작했다.

'이거… 설마?'

순식간에 주변을 장악해 나가는 묵직한 기운에 소름이 돋는 것을 느낀 나는 그들이 지금 준비하는 것이 무엇인지 깨닫고 경악하지 않을 수 없었다.

'피니시 무브라고? 저 상태로?'

도저히 공격적인 무언가를 할 수 있을거 같지 않은 포즈는 물론, 어처구니없을 정도로 넓은 공간 장악력을 자랑하는 그들의 피니쉬 무브의 힘에 놀라지 않는 사람은 아무도 없었다.

심지어 심해왕마저도 이상함을 느꼈는지, 금방이라도 달려들 것 같던 기세를 죽이고 그들을 보고 있을 정도였다.

'이만한 장악력이라니… 대체 어떤 능력이길래……!'

피니시 무브의 공간 장악력은 스킬의 구조와 발동 범위

에 따라서 범위가 늘어나기도 하지만, 대개는 그 위력에 따라 증가되는 게 정석이다.

그렇기에 대인기의 형태와 위력을 가진 순백의 기사는 그리 범위가 넓지 않았고, 길드원들을 보호하고 강화하는 제논의 범위는 상대적으로 넓었으며, 극도로 까다로운 발동 조건 대신 강력한 위력과 막대한 범위를 자랑하는 내 천지개벽은 어지간한 거대 몬스터를 감싸고도 남을 만큼 거대했다.

그런데 지금 저들이 사용하려는 피니시 무브는 내 천지 개벽보다도 훨씬 넓은 범위를 장악하고 있었다.

'대체 조건이 어떻길래!'

조금 전 저들이 보인 능력들을 보건대, 엘리멘탈 파이브의 능력을 단순히 합산해서는 결코 나올 수 없는 힘이니만큼, 그런 점을 압도하는 엄청나게 까다로운 조건이 붙어 있다고밖에는 할 수 없었다. 그러니 그런 궁금증이 드는 것도 자연스러웠다.

"어우, 난 여기 좀 숨을게."

"어……?"

엘리멘탈 파이브 셋이 기술을 준비하는 사이, 그들의 악전고투를 멀찍이서 지켜만 보고 있던 옐로우는 어째서인지 근처에 있던 순백의 기사를 방패 삼아 숨었다. 이를 본 아르덴이 멍한 표정으로 물었다.

"옐로우 씨는 저기 안 가도 되나요?"

꽤나 타당한 의문에 이를 같이 듣고 있던 순백의 기사와 엘로아가 고개를 끄덕였지만, 옐로우는 오히려 콧방귀를 뀌며 손을 저었다.

"흥, 어차피 쟤들 셋이서만 쓰는 기술이야. 그리고 나는 힐러라서 근접 공격 같은 거는 참여 못 한다고."

"히, 힐러였습니까? 아니, 그럼 그 장비는 대체?"

누가 봐도 노출도와 방어력의 비례 공식에 의거한 RPG 여전사의 모습을 하고 있는 옐로우의 모습을 가리키며 아르덴이 황당하다는 듯 물었지만, 역시나 옐로우는 태연하게 대답했다.

"이거? 멋있지 않아? 섹시하지? 나 몸매는 좋은데 부끄러움이 많아서 밖에서는 비키니 같은 거 못 입거든."

붕붕—!

옐로우는 그렇게 말하며 장식용으로 만든 안이 텅 빈 대검을 아무렇게나 휘둘러 보였다. 그 모습에 모두가 할 말을 잃었다.

그사이 기술을 준비하던 엘리멘탈 파이브 셋이 목놓아 외쳤다.

"우리 셋이 하나 되어!"

"정의의 사도!"

"엘리멘탈 파이브!"

도저히 셋이라는 숫자와 매치가 안 되는 그들만의 주문을 외치자, 그린의 몸에서 시작된 나무줄기가 가운데의 레드와 블루를 감싸고, 이어서 블루의 냉기가 레드를 넘어 그린의 몸을 꽁꽁 얼렸다.

그렇게 아무런 움직임도 할 수 없게 된 엘리멘탈 파이브. 그런 그들의 정가운데 위치한 레드의 손에는 어느샌가 안쪽을 내보이고 있는 블루의 양동이와 그 주변을 마치 제트기의 엔진처럼 감싼 레드의 검편이 들려 있었다.

"피니시 무브!"

"피니시 무브!"

"피니시 무브!"

부우우우우우우우우우!

기괴한 소리와 함께 마치 만화영화에서나 봤던 것처럼 자잘한 빛의 입자가 모여들고, 그에 맞춰 셋의 목소리가 하나가 되었다.

"엘리멘탈 캐노오오오오온!!"

콰아아아아아아아앙!

쿠화화아아아아악!

레드가 들고 있는 양동이 안쪽에서부터 시작된 빛줄기

는 도저히 판타지 배경에 어울리지 않을 법한 소리를 내며 심해왕에게 쏘아져 갔고, 그야말로 레이저라고밖에는 표현할 수 없는 그것을 심해왕은 피할 수 없었다.

"크아아아아악!"

치이이이익!

물로 이루어진 심해왕의 몸이 엄청난 기포와 수증기로 가득해졌다. 심해왕이 심한 고통에 몸부림쳤다. 괴로워하는 그의 비명 소리가 그 어느 때보다도 크게 울려 퍼졌다.

"저건… 조금 고려해 봐야겠군."

열심히 속으로 그들의 선전을 기원하던 박중혁 부장이 그렇게 중얼거렸다.

그가 보는 모니터 화면에 만신창이가 된 심해왕의 모습이 나타났을 무렵이었다.

Chapter 4

무덤에 파묻힌 펭귄

초보로 만난 세 명의 유저들이 각자의 유니폼을 입고 200레벨까지 함께 성장한 대가로 얻은, 세상에 단 세 명만이 사용할 수 있는 궁극의 피니시 무브.

　수천, 수억의 유저 중 오직 선택받은 그들 셋이 모여야만 발동이 가능한 극악의 발동 조건과, 사용 후엔 체력과 마나 모두를 1로 만들고 심지어 한동안 움직일 수도 없는, 어처구니없는 페널티까지 가진 그들의 피니시 무브, 엘리멘탈 캐논.

　그것의 후폭풍은 그야말로 무시무시했다.

　쿠후우우우—

후두둑… 투둑!

레이저가 지나간 자리로 휩쓸려 가는 먼지 구름, 그 안에서 들려오는 분쇄된 돌조각의 소리.

숨이 막힐 것만 같은 침묵이 감돌고, 레이저의 빛에 그만 잠시 시력을 잃었던 많은 사람들이 하나둘 정신을 차리며 성 꼭대기까지 치솟은 먼지구름을 올려다봤다.

마왕이라는 존재를 상대하기 충분한 필살기지만, 역설적이게도 어울리지 않게 허무한 최후였다는 생각이 많은 이들의 머릿속을 스쳤다.

"끝… 끝난 건가?"

"설마……."

하지만 그 사람들에는 당사자인 엘리멘탈 파이브와 나는 포함되지 않았다.

"멍청하긴, 그런 말을 하면……!"

"되살아나기 마련이지……!"

"그건 정석 중에 정석이라고!"

엘리멘탈 캐논의 여파로 기술을 사용하던 모습 그대로 굳어버린 세 명의 엘리멘탈 파이브가 울상을 지으며 말했다. 사람들은 모두 뒤늦게 그 말의 의미를 파악하고 사색이 됐다.

'뭐, 딱히 그런 말을 해서 그런 것 같지는 않지만.'

스스스슥—

먼지 구름을 뚫고 느릿하게 모습을 드러내는 거체.

검은 광택을 자랑하던 상체는 엘리멘탈 캐논을 정통으로 받아냈던 가슴을 중심으로 사방에 흉측한 상처가 가득했다. 심지어 그 상처들 틈새로는 마치 구멍 난 물풍선처럼 가는 물줄기가 끊임없이 쏟아져 나오고 있었다.

뿐만 아니라 반사적으로 뻗었던 그의 팔 중 하나는 팔꿈치부터 사라진 상태였으며 그 탓에 손에 들고 있던 철퇴가 사라진 상태였다.

"이제… 장난은 끝이다."

도저히 말로 형용할 수 없는 분노를 담은 심해왕의 시선이, 완전히 굳어버린 엘리멘탈 파이브의 세 사람에게 향했다.

그리고.

퍼퍼퍽!

"크윽!"

"커헉!"

순식간에 세 번이나 날아든 심해왕의 창이 양옆의 그린과 블루를 로그아웃시켰다. 짤막한 단말마와 함께 사라져버린 그들의 모습은 조금 전 정의를 부르짖으며 심해왕에게 치명적인 상처를 안겨준 이들이라고 하기엔 너무 초라

한 최후였다.

그 와중에 양동이를 들고 있던 레드는 운 좋게도 멀찍이 튕겨져 나가며 살아남을 수 있었다.

"끄으으으윽!"

마치 블루의 유지를 잇기라도 하듯, 그의 손에 남겨진 양동이의 재질이 범상치 않은 덕에 심해왕의 창에도 꿰뚫리지 않은 것이다.

하지만… 그런 블루의 최후의 투지를 이어받은 레드도 더 이상 자리에서 일어서지 못했다.

'구할 수는… 없겠군.'

더 이상 전력이 될 수는 없겠지만 자신의 동료들과 함께 훌륭한 전의를 보여준 레드였다. 살리고 싶은 마음이 굴뚝같았지만, 이미 열이 오를 대로 오른 심해왕을 앞에 두고 함부로 움직일 수 있는 사람은 아무도 없었다.

모두 자리에서 잦아져 가는 신음 소리를 들었다.

'젠장… 이거 기분 더럽네.'

분명 첫 만남부터 재수없는 녀석들이긴 했지만, 우리를 크게 도와주기도 했고 나에게 이 게임의 재미를 알려준 이들 중에 하나이기도 했다. 그런 인물이 죽어가는데 앞의 적에게 쫄아 구경만 하는 것이 참으로 기분이 더러웠다.

꿀꺽.

누군가의 침 삼키는 소리도 크게 울려 퍼지는 공동.

결국 레드의 신음 소리가 완전히 들리지 않게 될 때까지 그 누구도 움직이지 않았다.

심해왕의 이글거리는 눈동자는 다음 먹이를 찾아 움직였고, 얼마 안 가 엠페러와 함께 있는 나에게 고정되었다.

동시에.

쿠구구구—!

쩌엉!

쿠당탕!

세 가지 굉음이 울려 퍼졌다.

첫 번째는 심해왕이 쏘아낸 창이 공기를 찢어발기는 소리.

두 번째는 나를 향해 날아오는 공격을 불쑥 튀어나온 벨라가 방패로 받아내는 소리.

그리고 마지막은 힘을 이기지 못한 벨라와 내가 한 덩어리가 되어 바닥을 뒹구는 소리였다.

"끄으응! 이거 두 번은 못 막겠어!"

"…내가 보기에도 그래."

바닥에 드러누워 방금 전의 상황을 복기한 나는 그렇게 결론 내렸다.

벨라가 내 앞으로 튀어나오는 순간을 저지하지 못한 나는, 순간 방패의 효과를 떠올리며 전력을 다해 방패의 안쪽을 때렸다. 확실히 그 연원이 심상치 않은 덕인지 예상한 것에 비해 훨씬 덜한 충격을 받았다.

물론 그것만으로도 방패를 때린 내 손을 작살 내고, 우리를 멀리 튕겨 보내기에는 충분한 힘이었지만 말이다.

'젠장, 이거 움직일 수 있나?'

저릿저릿.

주먹을 쥐었던 오른손의 손가락 몇 개가 기형적인 방향으로 꺾여 있는 것을 확인한 나는 더 이상 오른손으로 칼을 쥐지 못할 것임을 알고 암담한 표정을 지었다.

게임의 설정상 어느 쪽에 칼을 쥐든 스탯이 정해준 공격력 수치는 변하지 않지만, 누가 뭐래도 주로 사용하는 손과는 차이가 있을 수밖에 없으니 말이다.

'이럴 줄 알았으면 엘릭서라도 챙겨둘걸!'

문득 나여주의 품에 손을 넣었을 때 보았던 각종 회복 포션과, 죽기 직전의 나여주를 살려낸 엘릭서가 생각났다. 물론 이렇게 개성 넘치게 꺾여 버린 손도 고칠 수 있는지는 알 수 없었지만.

'그러고 보니 그 녀석은 어디 갔으려나. 죽지는 않았겠지?'

맨 처음 가장 열심히 싸우고 있던 나여주가 어느 순간부턴가 보이지 않게 된 것을 깨달았지만, 깊은 생각을 하기엔 눈앞의 현실이 너무 암담했다.

"그 방패… 아까 내 못을 부쉈던 물건이로군……."

흥미롭다는 듯 세 개 남은 손 중 하나로 턱을 쓸어낸 심해왕은 그 이상은 볼일이 없다는 듯 무심하게 중얼거리며 멀리 있던 창을 소환해 정조준했다.

"어차피 부술 거지만."

꾸우욱!

등 뒤로 길게 젖혀진 그의 팔이 어느 때보다 두껍게 부풀어 올랐다. 마치 지금 이 한방으로 우리를 죽일 것임을 천명하듯 하늘 높이 치솟았다.

그리고… 심판을 목전에 둔 그의 창에 커다란 빛 무리가 어렸다.

"음?"

무슨 의미였을까?

누가 봐도 심해왕의 기술이라고밖에는 생각되지 않는 밝은 기운이 그의 창에 몰려든 순간, 어째선지 심해왕은 이해가 가지 않는다는 듯 오히려 제 손을 올려다봤다.

빠지지지지직!

"크으아아아압!"

이 순간을 노리고 있었던 것일까.

심해왕이 자신의 창과 팔에 생긴 이상을 눈치채고 고개를 돌리는 순간, 그의 창에 몰려 있던 밝은 기운이 금빛의 번개로 형상화하며 그의 팔을 타고 전신으로 흘러들었다.

"끄아아아아아악!"

짜자자작! 짜자작!

팔에서부터 시작된 번개는 금세 몸을 타고 번져 나가며 상처 곳곳을 후볐다. 그러자 점차 줄어가던 상처의 물줄기가 봇물 터진 듯 맹렬한 기세로 쏟아져 나왔다.

조금 전까지 살기등등하여 단숨에 우리를 죽이려 들던 마왕이 느닷없이 나타난 번개에 괴로워하는 모습은 그 누구도 쉽사리 이해할 수 없는 모습이었다.

나를 포함한 우리 일행만 제외하고 말이다.

"이건……!"

나는 금빛의 번개가 심해왕의 몸을 수놓는 순간부터 주변 곳곳을 살폈다.

저 익숙한 금빛 번개의 모습에 떠오르는 것이 있었다.

"너……!"

마침내 커다란 석벽의 그림자 틈새에 모습을 감추고 있던 나여주를 발견할 수 있었다. 언제부터 거기 있었던 건지 주변에 가득 쌓인 포션 병과 돈주머니를 옆으로 치우던 그녀가 씨익 웃으며 나를 마주 봤다.

통통!

"어때? 끄윽, 어멋!"

그러고는 포션으로 빵빵해진 배를 두드리며 씨익 웃어 보이다가 불쑥 튀어나온 트림에 부끄러워한다. 나는 조용히 침묵했다. 생각외로 쉽사리 말이 나오지 않았다.

똥똥해진 배를 두드리는 주제에 트림을 부끄러워하는 것을 지적해야 할까, 아니면 이 마법 한 방에 소모한 포션과 골드에 대해 물어야 하는 것일까.

그도 아니면……

"……"

"끄윽, 응? 에헴! 흠흠!"

쑥스러워하는 그녀에게 고맙다고 인사해야 하는 것일까.

만감이 교차하는 가운데, 나를 향해 멋쩍은 표정을 짓고 있던 나여주가 눈을 휘둥그레 뜨며 재빨리 몸을 옆으로 던졌다.

쿠구궁!

"젠장, 벌써?!"

아직도 마법의 여파가 남아 있는 창을 대신해 나여주에

게 날아든 것은 어딘가에서 떨어져나온 바위덩어리였다.

크기는 컸지만 원래 사용하던 무기가 아닌 만큼 속도는 형편없어, 마법사인 나여주도 몸을 던지는 것으로 피할 수 있을 정도였다. 하지만 여전히 그 위력만은 끔찍하게 강력했다.

"아직 완전히 회복된 것은 아닌가?"

위험을 느끼고 재빨리 심해왕 쪽을 돌아봤지만, 의외로 심해왕은 아직 강력한 번개 마법의 효과에서 완전히 벗어나지 못한 듯, 뼈로 된 얼굴을 감싼 채 나여주가 있을 법한 곳에 마구잡이로 돌덩이를 집어 던지고 있었다.

"마법사를 보호해라!"

"가장 발 빠른 녀석이 가서 구해놔!"

다크엘프들은 상황 판단이 빨랐다.

확실하지는 않지만 심해왕에게 강력한 마법을 가한 마법사를 최우선으로 보호하는 것을 목표로 위기에 처한 나여주를 향해 달려가기 시작했고, 파울을 비롯한 몇몇의 전사가 사방에서 심해왕을 타격하며 주의를 분산시켰다.

그러자.

"저런 녀석들도 저렇게 싸우는데……!"

"여자애도 있다고!"

"우리도… 질 수 없지!"

"까짓거 한 번 죽지 두 번 죽을까!"

이미 쓰러져 버린 엘리멘탈 파이브의 투지가 이제야 빛을 발하기라도 한 것일까, 다크엘프 전사의 뒤를 쫓던 시선들이 투지로 일렁이기 시작했다.

"윈드 커터!"

"오러 플레임!"

"삼연사! 탄성 강화!"

비록 멀리서 날리는 자잘한 공격들에 불과했지만 이제 공격을 망설이는 이들은 아무도 없었다. 특히나 지금껏 제논의 방어벽 안에 몸을 피하고 있던 슈타인까지 골든 메이지인 나여주의 강력한 마법에 자극을 받은 듯 그 준비부터 거창한 마법 주문을 외우기 시작했다.

"숲을 태우는 불길의 꽃이여, 마도의 길을 걷는……."

"슈타인, 뒤로 빠져라!"

슈타인이 강력한 마법을 준비하는 것을 눈치챈 순백의 기사는 제논이 펼친 보호막 안으로 몸을 밀어 넣었다. 동시에 마법을 준비 중이던 슈타인을 빼내 후방으로 밀어냈다.

이러한 순백의 기사의 행동에 탄력을 받은 듯, 아까 기껏 투지를 일으키고는 여태 조용히 있던 제논이 고개를 들며 물었다.

"너… 지금 괜찮냐?"

"…부끄럽지만 여기에서 가장 멀쩡할 거다."

지금껏 전투에 적극적이지 않고 피해 다니기만 한 것이 부끄럽다는 듯 고개를 숙이는 순백의 기사를 보며, 웃음을 보인 제논이 중얼거렸다.

"이제… 막바지야."

"그거 기대할 만하겠군……."

씨익.

서로를 보는 두 사람의 얼굴에 미소가 비치고, 지금껏 침묵하던 제논의 보호막이 환한 빛을 뿜기 시작했다.

"자, 바이저스 길드! 출진이다!"

와아아아아아!

여지껏 웅크리고 있던 몸을 크게 핀 제논이 주먹을 높게 들어 올리자, 지금껏 보호막 안에서 원거리 공격을 하던 바이저스 길드원들이 조금 전 제논처럼 몸을 웅크려 밀착시켰다. 그러자 그 모습이 꼭 아르마딜로의 웅크린 모습 같았다.

"사기의 불꽃을 피워라!"

"사기의 불꽃을 피워라!"

사기의 불꽃을……!

맨 앞에 선 제논이 선창을, 바로 뒤에 선 순백의 기사가 재창했다. 그러자 그들의 위로 뭉친 바이저스 길드원들이 너 나 할 것 없이 이를 따라 외쳤다.

그러자 마법 같은 일이 벌어졌다.

화르르륵!

마치 그들이 뿜어내는 전투의 사기를 불꽃으로 재현이라도 한 듯, 반투명하던 보호막이 일렁이는 하얀 불꽃으로 변하기 시작했고, 한데 뭉친 바이저스 길드원의 몸 곳곳에 옮겨붙어 마구 몸집을 부풀려 가기 시작했다.

화륵! 화르르륵!

"아직! 아직이다!"

마치 당장 이 성을 집어삼키기라도 할 듯, 순식간에 천장으로 치솟은 불길은 지금 이 순간 진정으로 싸우고자 하는 이들의 염원처럼 거세게 불타올랐다. 그리고 마침내, 그들의 몸이 불꽃에 가려 더 이상 보이지 않게 되었을 때.

"돌격 진형! 진군이다!"

"와아아아아아!"

"돌겨어어어억!"

다다다다!

기사들의 돌진이라기엔 조금은 조잡한, 하나 그 어느 기사단보다 단단한 방진을 짠 그들의 모습은 불길에 가려 잘 보이지 않았다. 하지만 그들이 내는 무시무시한 발걸음 소리가 지금 이들이 어떤 마음으로 적을 향해 달려가는지 알 수 있게 해주었다.

'저것도 합체형 피니시 무브인가?'

나는 심해왕을 향해 정면으로 달려드는 그들을 중심으로 일정 반경이 피니시 무브의 영향으로 약간 일그러져 보이는 것을 눈치챘다. 그것이 바로 제논의 200레벨 피니시 무브 돌격 진형이었다.

전장에서 처음 제논이 보였던 피니시 무브와 구조는 물론 발동 방식도 같았지만, 단 한 가지 다른 것이 있다면 스킬을 발동하는 제논의 마음가짐에 있었다.

길드원과 동료들을 아끼는 제논이 가지게 된 첫 번째 피니시 무브는 자신을 포함해 함께 달리는 동료들을 강화해, 적을 격살하는 데 초점이 맞춰져 있다. 반면, 지금 발동한 '사기의 불꽃'이라는 스킬은 제논의 희생을 바탕으로 길드원과 동료를 보호하는 것이 중심이 되는 스킬이었다.

그 증거가 바로 이 피니시 무브의 첫 번째 형태였던 보호막이고, 사실상 지금의 돌격 형태는 피니시 무브의 두 번째 형태로 방어막에 누적된 데미지를 합산하여 추가적으로 강력한 차징 공격력을 갖는 스킬이었다.

이 역시 발동에 동원된 길드원들이 많으면 많을수록 강해지는 까다로운 조건이 붙어 있는 만큼 엘리멘탈 캐논만큼은 아니지만 강력한 피니시 무브였다.

그리고 동시에.

"피니시 무브! 그랜드 랜스!"

이글거리는 불꽃이 일순간 길쭉하게 늘어나는가 싶더니 제논과 자리를 바꾼 순백의 기사의 하얀 랜스 위로 이글거리는 사기의 불꽃이 모여들었다.

"꽉 잡아라!"

조금 전 피니시 무브의 발동을 외쳤던 목소리가 자신의 뒤를 따라 달리는 길드원들을 향해 주의를 날렸고, 이내 그 이유를 알 수 있는 장면이 펼쳐졌다.

콰아아아앙!

과연 이것이 사람들과 거대 괴물이 부딪혀서 날 수 있는 소리란 말인가.

성내를 쩌렁쩌렁 진동하는 어마어마한 충돌음에 멀찍이 있던 모두가 고통스러움에 귀를 틀어막고 인상을 썼다. 그러나 그 누구도 이것을 직접 몸으로 받아낸 심해왕만큼 고통스럽진 않았으리라.

"크아아아아악!"

촤아아아!

그의 물고기 하반신에 크기는 작지만 상당히 깊은 상처가 생겨났다. 그곳에서는 상체의 다른 상처들과는 비교도 안될 만큼 많은 물이 쏟아지고 있었다.

동시에 동그란 그 상처 자국에는 여전히 남은 사기의 불꽃이 일렁이며 상처가 아무는 것을 막고 있었다.

"쳇, 이 정돈가?"

순백의 기사가 아쉽다는 듯 혀를 찼지만, 사실 이는 엄청난 결과라고 할 수 있었다.

엘리멘탈 파이브의 목숨과 우애를 담보로 한 엘리멘탈 캐논이 너무 압도적인 위력을 가지고 있었을 뿐이다.

제논과 순백의 기사, 그리고 바이저스 길드원들이 사용한 사기의 불꽃과 그랜드 랜스의 조합 스킬은 동레벨 대의 다른 피니시 무브의 위력을 까마득히 넘어서는 것이었다.

다만 상대가 그보다도 훨씬 높은 수준의 괴물인지라 상대적으로 티가 덜 났을 뿐이다.

"그런 거에 아쉬워할 시간이 있으면 빨리 떨어지는 애들이나 받아!"

우당탕탕!

쿠당탕!

혀를 차는 순백의 기사를 뒤로한 제논이 핀잔을 날렸다.

상대적으로 멀쩡한 이들이 바쁘게 뛰어다니긴 했지만, 충돌시의 충격으로 천지사방으로 튕겨 나가 버린 바이저스 길드원들을 모두 수습하기엔 물리적으로 불가능했다. 그야말로 순백의 기사가 말한 꽉 잡으라는 말이 이해되는 순간이었다.

"이… 이……."

이제는 분에 차 욕조차 나오지 않는 듯, 말을 잇지 못하던 심해왕이 자신의 하반신에 난 구멍을 보다가 곧장 가장 가까이 있던 제논을 향해 주먹을 휘둘렀다.

콰쾅!

"끄아악!"

"제기랄!"

날아오는 공격을 반사적으로 피해낸 제논이었지만, 안타깝게도 그가 구출하려던 길드원은 정통으로 심해왕의 주먹을 받고 로그아웃당해 버렸다. 제논은 이를 보며 분통 어린 외침을 내뱉었지만, 심해왕의 공격은 아직 끝난 게 아니었다.

쾅! 콰쾅!

"커헉!"

"끄어어억!"

보호막을 잃고 여기저기 나동그라진 바이저스 길드원들

은 심해왕에게 있어 손쉬운 먹잇감이었고, 이미 자존심은 물론 실제로도 상처를 입을 대로 입은 심해왕은 더 이상 가리는 것 없이 마구잡이로 그들을 격살하기 시작했다.

"젠장! 막을 수가 없어!"

"이렇게 뒤질 바엔… 플라잉 오러!"

"으아아아! 파워 밤!"

죽음을 앞둔 몇몇 길드원들은 최후의 최후까지 싸우다 죽겠다는 듯, 마지막 힘을 쥐어짜 죽는 순간 자신 앞에 다가온 주먹에 공격을 꽂아 넣었다. 그러자 이런 몇몇의 행동이 들불처럼 번져 나가, 죽음을 앞둔 길드원들 모두가 같은 행동을 하기 시작했다.

"너희들……!"

길드원들의 비참한 최후, 그리고 마지막까지 꺼지지 않는 투지를 확인한 제논의 눈에 눈물이 차올랐다.

"죽어라! 다 죽어라, 버러지 같은 것들!"

쿠쿵! 쿠콰쾅!

심해왕이 광기 어린 외침과 함께 무자비한 학살을 이어 가던 그 순간. 슈타인의 마법이 완성되었다.

"…억겁을 타오르는 불사의 불꽃! 피니시 무브! 선 이터!"

앞으로 뻗은 슈타인의 스태프의 끝에서 파란색의 작은

불꽃이 피어올랐다.

그것은 너무도 작아 한 주먹 안에 들어올 정도였으며, 도저히 슈타인이라는 마법사가 전력을 기울여 사용한 마법이라고 할 수 없을 만큼 미약한 열기를 뿜어냈다.

그러나 잠시 뒤, 마법사 특유의 피니시 무브가 발동하며 피니시 무브의 지배 영역하의 모든 마나를 게걸스럽게 빨아들이기 시작했다.

빨아들이는 속도가 얼마나 빠른지, 그 파란 불꽃을 중심으로 주변이 일그러져 보일 지경이었고, 마법의 발동을 위해 공간 안에 있어야 했던 슈타인조차 마나를 빼앗기는지 순식간에 안색이 시커멓게 변했다.

그렇게 완성된 마법의 최종 형태는 축구공보다 조금 작은 검은색의 이글거리는 구체였다.

그러나 이글거리는 불꽃에 손을 올려도 전혀 열기가 느껴지지 않는 기괴한 그 마법은 마치 산책이라도 나온 듯, 슈타인의 스태프 끝을 따라 살랑살랑 날아 심해왕의 코앞까지 날아들었다.

너무나도 작은 존재감에 뒤늦게서야 마법의 존재를 알아차린 심해왕이 크게 콧김을 내뿜어 눈앞에 나타난 마법을 날려 보내고자 했지만… 슈타인이 마법을 발동하는 게 더 빨랐다.

"태양을 먹어치우는 게 달의 일식만은 아니지……. 흑점 발현!"

쿠화화화화확!

슈타인의 외침과 함께 순식간에 범위를 확장해 나간 검은 불꽃은 마치 태양의 흑점이 순간적으로 번져 나가는 것처럼 순식간에 심해왕의 머리를 감싸안았다.

치이이이이익!

고온의 불꽃에 닿은 심해왕의 몸이 자욱한 수증기를 내뿜으며 주변을 하얗게 물들였다. 그리고 얼마 지나지 않아 사라진 흑점 속에서 모습을 드러낸 심해왕의 얼굴엔 군데군데 검은 그을음이 남아 있었다.

"칫! 역시 상성이 안 좋군!"

"멍청아! 그렇게 거창하게 마법을 준비하더니 저게 뭐야!"

"저래 봬도 200제 피니시 무브라고! 저런 괴물 녀석만 아니었으면 어지간한 보스 몬스터들도 한 방에 빈사 상태로 만들 수 있는 기술이란 말이다!"

거창한 마법 준비에 비해 조촐한 결과를 가져온 마법에 제논이 이를 갈며 슈타인을 몰아세웠지만, 슈타인도 할 말이 많았다.

애당초 화염 마법에 특화된 슈타인은 심해왕에게 마법

위력이 반감되는데다가, 사실 그전까지 보여준 엘리멘탈 캐논이나 사기의 불꽃 같은 게 너무 압도적이었을 뿐, 화염 특화 마법사인 슈타인의 선 이터는 다른 종류의 마법을 다 포기한 만큼 강력한 피니시 무브였다.

그리고 이런 사실을 언제나 붙어 다니며 함께 게임을 즐기는 제논이 모를 리 없었지만, 아쉬운 것은 어쩔 수 없는 일이었다.

"제길, 길드원들을 다 모아놓는다고 해도 아까 같은 건 불가능한데……!"

주변을 둘러보는 제논의 시야에는 아직 여기저기 흩어져 신음하는 길드원들과 조금 전까지 길드원들이 누워 있던 커다란 구덩이만 들어올 뿐이었다.

"저쪽에 부탁하는 것도 무리일 거 같고……."

문득 제논의 시야에 옹기종기 모여 있는 제로 일행이 들어왔다. 하지만 곁에 있는 엘프와 소환수는 물론이고, 여자 마법사도 큰 기술을 쏟아낸 이후였으니 여력이 없을 터였다.

그렇다고 생각했다.

"일단 이 정도인가?"

까닥까닥.

"그래, 마법 효과로 골절 치료는 불가능해. 차라리 깊

숙이 베인 자상이나 어디가 잘려 나간거면 도로 붙일 수 있지만, 완전히 꺾인 뼈를 원래 자리로 복원하는 건 성직자의 능력이야."

"이럴 줄 알았으면 접골 같은 응급처치 기술이라도 배워둘걸……."

문득 케이안 숲에 있을 당시 아무데나 떨어뜨려 놓고 알아서 생존기술을 익히게 하던 칸이 떠올랐다. 물론 익히고 싶지 않아서 안 익혔다기보다는, 응급처치 따위 의미 없는 한 방 죽음이 일상이었기에 익힐 기회가 없었다는 말이 맞았다.

"일단은 급한 대로 왼손을 쓰는 수밖에……."

불행 중 다행으로 엠페러는 잘 쓰지 않는 왼손으로 쓰기에도 충분할 만큼 위력적이었다. 다시 엠페러를 왼손에 들고 선 나는 싸움의 양상을 파악했다.

콰앙! 콰앙!

약이 바짝 오른 심해왕의 주먹이 연신 지면을 강타하며 널부러진 바이저스 길드원들을 처치하고 있었고, 간간이 주의를 끄는 다크엘프들의 비명 소리가 들려오기도 했다.

'역시 그것밖에는 없나…….'

모두의 전력이 바닥을 치는 지금, 마지막으로 희망을

걸어볼 것은 오직 하나뿐이었다.

'천지개벽……!'

비록 100레벨에 생긴 첫 번째 피니시 무브지만, 누가 뭐라 해도 단일 스킬로는 독보적이다 못해 압도적인 위력을 자랑하는 스킬이었다.

특히나 상대의 방어력을 무시하고 몸을 파고드는 게 가능한 엠페러가 있기에 그 위력은 새삼 말할 것도 없이 무시무시했다.

'그거라면 충분히 심해왕도 양단할 수 있겠지……!'

특히나 이곳 맵은 천지개벽의 까다로운 발동 조건을 만족시킬 수 있는 실내 맵. 거기에 마왕성은 절대 무너지지 않는 건축물이기 때문에 안심하고 마음껏 뛰어다닐 수 있는 곳이었다.

하지만 한 가지 문제가 있었다.

"…문제로군."

사실 공격을 노린다면 지금이 적기라고 할 수 있었다.

심해왕은 예상치 못한 공격에 몇 번이나 상처를 입은 상태였고, 그 와중에 팔 하나가 날아감은 물론 무기들도 내팽개쳐 둔 상태였다.

상대가 마왕이라는 무지막지한 존재임을 감안하더라도 절호의 기회라는 말이 어울리는 상황.

그럼에도 불구하고 이렇게 망설이는 데는 이유가 있었다.

　'저 팔, 팔만 막을 수 있다면…….'

　엉망이 된 팔을 제외하고도 심해왕의 팔 개수는 세 개. 천지개벽 발동 조건의 특성상 엄청난 속도로 직선 운동을 하는 몸은 심해왕의 먹잇감이 되기 십상이었다.

　물론 최고 속도에 이르면 잡지 못할 것이라 확신하지만, 여태껏 보여준 심해왕의 능력이라면 가속도가 붙기 전에 나를 잡아채고도 남을 것이다.

　뿐만 아니라 천지개벽의 특성상, 기술이 발동하고 검을 휘둘러 베는 동작이 스킬의 시작이자 마무리라 판정하기 때문에 만일 어설프게 팔을 베어내거나 했다가는 괜히 스킬을 날리는 꼴이 되고 만다.

　'천지개벽은 지능이 높은 적에겐 절대 두 번 통하는 기술이 아니야. 무조건 한 번에 성공해야만 해……!'

　그리고 그것은 천지개벽뿐만이 아니라 엠페러의 위력도 마찬가지였다. 어설프게 엠페러의 위력이 막강하다는 사실이 알려지게 되면 심해왕은 무슨 수를 써서라도 나와 엠페러를 먼저 처리하려 들 터. 그런 상황만은 막아야만 했다.

　"정말이지 쉬운 게 없구만."

어디 마왕을 잡는다는 게 쉬운 일일 리는 없지만, 이 정도로 굴렀으면 좀 편한 길이 나왔으면 하는 게 솔직한 심정이었다.

참을 수 없는 한숨이 쏟아져 나왔지만, 어쨌거나 이대로 놀고 있을 수만은 없다.

결국 나는 오른손에 엠페러를 들고, 왼손에 금빛 엄니를 쥐는 것으로 포즈를 변경했다.

어차피 제대로 사용하지 못하는 오른손이니 엠페러의 다리 사이에 손을 끼워 시늉만으로 심해왕을 기만할 속셈이었다.

"끄으으으! 제에엔장!"

막 심해왕을 향해 몸을 날리려는 순간, 조금 떨어진 바위 밑에서 신음 소리가 들려왔다.

아까의 충돌에서 튕겨져 나왔다곤 정신을 잃은 바이저스 길드원인 듯싶었다. 아마 이후 충격에 떨어진 바위 따위에 깔려 움직일 수 없게 된 모양이었다.

'도와야 하나?'

내 코가 석 자인데 누굴 돕겠는가 하는 의문이 들쯤, 이런 내 고민을 돕는 시선이 신음 소리가 난 곳을 향해 날아들었다.

"거기에도 있군!"

"이런, 젠장!"

이성은 분명 멀리 도망치라고 했건만, 몸은 벌써 바이저스 길드원의 앞으로 도달해 있었다.

'바위를 들어서 도망치긴 힘들어!'

나름 공격이 보이자마자 달려왔다고 생각했건만, 이미 목표를 정한 심해왕의 공격이 도달하기 전에 바위를 치우고 바이저스 길드원을 구출하기란 요원해 보였다.

"오지 마!"

이런 내 모습을 보고 멀리서 벨라와 나여주가 뛰어오는 것이 보였다. 나는 급히 소리쳐 둘을 만류했다. 만약의 경우 이 자리에서 도망쳐야 한다면 혼자인 편이 나았다. 특히나 나여주의 경우 아까의 마법을 사용하면서 포션까지 모두 소모한 상황이었으니 도움이 되기 힘들었다.

'젠장……'

순간 머릿속으로 지금이라도 늦지 않았으니 피하면 된다는 생각과 함께 모순되는 한 사람의 모습이 떠올랐다.

'내가 정의의 사도는 못되겠지만……!'

그토록 정의의 사도를 부르짖으며 히어로가 되길 원했던 레드.

그는 자신이 가진 모든 것을 동원해 심해왕에게 필살기를 먹이고 장렬히 산화하였다. 아니, 정확히는 산화할 뻔했고, 그를 구하고 싶다는 마음을 먹었지만… 그때도 이성이라는 것이 앞서 레드를 구하러 가지 않았다.

'설마 하니 그 녀석이 내 가치관을 흔들어놓을 줄이야!'

결국 결심을 굳힌 나는 엠페러를 쥔 오른팔을 크게 내밀며 엠페러에게 속삭였다.

"꽉 붙잡아 줘."

"주인, 굳이 이럴 필요가 있나?"

소곤소곤.

딱히 훔쳐 들을 사람도 없건만, 재빨리 내 귀에 속삭이는 엠페러의 말에 잠시 멍해졌던 나는 순식간에 코앞에 당도한 심해왕의 주먹을 향해 냅다 엠페러를 휘둘러 버렸다.

쐐애애애액!

너무나도 오연한 모습으로 심해왕의 주먹을 향해 날아가는 엠페러. 그런 엠페러는 무기의 형태가 아닌 배를 볼록 내민 샌드백의 모습이었다.

그 당당한 모습을 보니 문득 떠오르는 바가 있었다. 바로 조금 전 맨몸으로 심해왕의 창을 받아낸 뒤, 오히려 심해왕을 농락하고 돌아온 엠페러의 능력에 대한 것이었다.

'그래, 데미지를 엠페러가 흡수해 준다면……!'

타격점에서 게임 시스템상의 공격 데미지를 흡수한다면 그 이후의 날아오는 주먹은 시스템의 가산 데미지를 제외한 순수 물리력의 행사.

물론 심해왕의 능력을 생각해 보면 이조차 만만한 것은 아닐 테지만, 확정적으로 죽을 수밖에 없는 데미지를 상대하는 것보다는 훨씬 안전하고 합리적인 방법이었다.

물론, 이러고도 뒤에 있는 사람이 죽는다면… 나는 최선을 다했노라고 말해주고 싶었다.

'그렇다면……!'

탁!

뻐어어어어어어엉!

덥석!

짧은 순간, 세 개의 소리가 순차적으로 울려 퍼졌다.

첫 번째는 내가 엠페러를 놓는 소리, 두 번째는 주먹에 맞은 엠페러의 배에서 난 소리, 마지막으로 세 번째는 놓았던 엠페러를 다시 잡는 소리였다.

콰아아아앙—!

"성… 성공인가?"

"성공이다, 주인!"

엠페러를 무기로서 잡고 있을 경우 데미지의 일부가 사

용자에게 전달되는 것을 고려한 나름의 꼼수로 다시 잡는 과정에서 관성에 의해 멀리 떨어져 나가긴 했지만, 아주 경미한 피해만으로 심해왕의 공격을 받아내는 데 성공했다.

"그 녀석… 살았나?"

먼지구름 속, 아직 생사가 확인되지 않은 바이저스 길드원을 확인하려 할 때. 위에서부터 분노로 떨리는 목소리가 들려왔다.

"이… 이놈들⋯⋯!"

자신의 공격을 정면으로 받고도 쌩쌩하기 그지없는 우리의 목소리에 마침내 열이 끝까지 치솟은 심해왕이 세 개의 손을 들어 어두컴컴한 성의 천장을 향해 외쳤다.

"마신이시여!"

심해왕의 머리 위로 떨어지는 검은 빛줄기, 그것을 본 순간 우리는 본능적으로 일이 잘못되었음을 깨달았다.

아니, 굳이 본능이 아니더라도⋯⋯.

"저걸 보면 누구나 그렇게 생각하겠지⋯⋯."

높게 들어 올린 심해왕의 세 개의 손, 그곳엔 보기만 해도 불길해지는 검은 태양이 떠 있었다.

'아, 죽는 건가?'

만일 오늘 죽는다면 이 게임을 하며 처음으로 겪는 죽음이었다.

나름대로 도련님 취급을 받으며 현실에서나 게임 속에서나 곱게만 자라온 그에게 죽음이라는 것은 너무도 낯선 단어였다.

게다가.

'저런 괴물이 상대라니… 어떤 죽음일지 상상도 가지 않네.'

죽는다는 것은 어떤 감각일까.

죽었다는 것은 어떤 기분일까.

고작 게임의 죽음일진대, 이렇게 마음이 무거워도 되는 걸까.

바위에 깔린 양 다리를 보면서 그는 그렇게 생각했다.

'원래대로라면 힘으로 그냥 밀고 나갔을 텐데……!'

하지만 조금 전 전력을 다해 심해왕과 충돌한 그에겐 그만한 힘이 남아 있지 않았다.

오히려 그런 상태로 바위에 깔리고도 살아 있는 게 기적이랄까?

그렇게 여러 가지 딴 생각을 할 무렵, 그는 문득 시야가 어두워진다는 것을 깨달았다.

죽음이 다가오는 것을 느끼며, 그는 눈을 감았다.

그러나 의외로 죽음은 그리 빨리 찾아오지 않았다.

머릿속으로 꽤 많은 생각을 했음에도, 꽤 여러 번 카운트를 했음에도 말이다.

'주마등이란게 이런 건가? 하기사 죽기 직전에 평생치 기억을 다 본다는데 숫자 몇 번 센 거쯤이야.'

그렇게 생각하고 있자니 조금 마음이 편해졌다.

마음이 편해지니 어쩐지 억울한 생각이 들었다.

'어휴, 그래. 내 팔자에 무슨 주인공이람? 어차피 이대로 커서 윗놈들 밑구멍이나 닦아주는 일이나 할 텐데.'

물론 자신의 아버지가 그런 굴레를 벗어던지기 위해 조직의 사활을 걸고 각종 사업을 양지화 작업하는 데 힘쓰고 있지만… 어디 마음대로 될지는 두고 볼 일이었다.

'그래도 이번 거는 꽤 억울하네. 이번엔 살아생전 처음으로 주인공이 아니더라도 괜찮다고 생각했는데…….'

이곳 마왕성에 발을 딛게 된 계기.

그 이야기의 주인공과 함께 마왕을 물리치고 그걸 곁에서 도운 조력자로 남고 싶었다. 그 과정에서 이야기의 결말을 보고 싶었다.

하지만 그러기엔 너무 늦어버린 것 같다.

'뭐, 그 심해왕이란 괴물을 보니 딱히 결과가 해피엔딩일 거 같지도 않지만 말야.'

말이야 바른 말이지 그런 괴물딱지를 어떻게 이긴다는 말인가.

그렇게 엄청난 공격들을 쏟아부었는데도 저렇게 날뛰는 것을 보면 최소한 이번 생에 저걸 잡을 일은 없을 것 같았다.

'그래, 세상 이야기가 전부 해피엔딩이면 재미없지. 가끔 새드 엔딩, 배드 엔딩이 있어야 보는 맛이 있지 않겠어?'

물론 그 결과가 새드든 배드든 누구보다 주인공을 동경하는 삶을 살았던 그로선 이를 가까이서 지켜보며 대리만족하는 것이 소망이었지만, 앞서 말했듯 이미 늦은 일이었다.

'아, 그나저나 더럽게 안 죽네. 이거 혹시 벌써 죽은 거 아니야?'

정말 그런 것은 아닐까? 눈을 감고 있는 사이에 죽었는데 나만 모르고 있는 것은 아닐까, 하는 민망한 생각이 머릿속을 스치자, 절로 감고 있던 눈이 떠졌다.

빠끔.

뻐어어어어엉!

"뭐야?"

그는 살풋 뜬 실눈 사이로 보이는 예상 밖의 모습에 저도 모르게 소리를 쳤다.

눈을 뜬 순간 울려 퍼진 북 터지는 소리와 함께, 그의 눈에 비치던 한 남자와 펭귄의 모습이 순식간에 시야에서 사라져 버렸다.

"뭐야, 뭐냐고. 지금 나 구하려고 저런 거야?"

눈을 감고 있던 탓에 사건의 전말을 모르는 그로서는 이해할 수 없었지만… 주변에 있는 것이라곤 자신뿐. 혹시 공격을 피하다 보니 여기까지 온 것은 아닐까, 생각하던 찰나.

문득 그의 귓가에 한 남자의 목소리가 파고들었다.

"그 녀석… 살았나?"

'이딴 걸로 울고 싶지 않았는데.'

문득 소성진의 두 눈에 왈칵 눈물이 고였다.

'염병! 진짜… 진짜 주인공이잖아!'

그가 꿈꿔온 이상적인 주인공, 그것이 방금 전 자신의 앞에 있었다. 어쩐지 눈물이 흘러내렸다.

아른거리는 시야 사이로, 방금 전 격돌에서 가면을 잃어버린 대로가 먼지 구덩이를 헤치며 걸어나오고 있었다.

벌떡!

"결국······!"

그렇게 아니길 기도했건만, 박중혁 부장이 우려한 사태가 벌어지고 말았다.

물론 이성적으로 생각하자면 이렇게 될 확률이 훨씬 높았지만 언제나 기적과도 같은 일을 해내온 대로였기에 이번에도 혹시나 하는 마음을 갖고 있었던 만큼 아쉬움은 컸다.

"도와줄 방법은 없겠지······."

끼익.

일으켰던 몸을 의자에 누이듯 묻으며 작게 한숨을 내쉰 박중혁 부장은 화면 속 불길하게 타오르는 검은 불덩이를 바라봤다.

저것의 이름은 데스 선.

마신의 이름으로 여러 마왕 중 오직 심해왕에게만 하사한 특별한 힘으로 '소멸'이라는 거창한 힘을 가진 능력이었다. 그리고 이 '소멸'은 단순히 죽음을 대체하는 단어가 아니었다.

말 그대로의 소멸, 즉 게임상의 데이터 삭제를 지원하

는 효과였다.

도대체 이런 말도 안 되는 기능을 게임 속 몬스터에게 부여한 이유가 궁금하겠지만, 기획 당시에는 굉장히 합리적인 의도로 만들어진 능력이었다.

심해왕이 다스리는 마계 남부는 게임 구성상, 그리고 추후 세계관 확장이나 이벤트 등을 위해 반드시 필요한 공간으로 기획에 따라 진행될 때까지 바지 사장 역할의 마왕이 필요했다.

그러던 와중 마왕으로 결정된 것이 심해왕.

마수족 중 물과 관련하여 절대적인 권능을 갖는 이 존재는 거대한 대양을 끼고 싸운다면 무적에 가까운 힘을 갖지만, 반대로 대륙에서는 제 힘을 반도 발휘하지 못하는 특징을 가지고 있었다. 실제로 그 덕에 마왕을 결정하는 전쟁 속에서 심해왕은 대륙에서도 냉기 특성을 발휘하는 펭귄족을 압도하지 못했고, 만일 그들이 신물을 분실하지 않았다면 전쟁의 양상은 달라졌을 터였다.

물론 펭귄족은 패배하였고 마왕은 심해왕이 되었지만.

그리고 여기서 문제가 생겼다.

만일 계획대로 마계 펭귄이 마왕이 되었다면 그것으로 문제가 해결됐을 테지만, 물에서만 진짜 마왕의 권능을 발휘하는 심해왕은 내륙의 마왕성에서는 힘이 극도로 약해지는 것이다. 그렇다고 마계 침공의 첫 발판이 되는 남부 마계의 마왕성을 수중에 설치할 수도 없는 노릇.

그렇기에 박중혁 부장을 비롯한 개발진은 심해왕에게 특별한 권능을 하사하였고, 그것이 바로 데스 선이라는, 데이터를 지워 버리는 극악의 사기 스킬이었다.

물론 사용에는 많은 제약이 있지만, 그 스킬의 존재만으로 심해왕은 다른 지역의 마왕이 침공하는 것을 완벽하게 배제했을 뿐 아니라 마왕으로서 절대적인 위엄을 발휘할 수 있었다. 다만 그것으로 내륙 진출을 하지 못하고 마왕성에 묶이는 신세가 됐지만 말이다.

'마왕으로서의 격이 떨어져서 스킬을 사용하지 못할 줄 알았는데…….'

이제껏 분석한 바로는 마왕에서 마왕에 준하는 보스 몬스터가 된 심해왕은 기존의 마왕이 지니고 있던 특성을 전혀 발휘하지 못하고 있는 상태였다.

적과 대면했을 때 절대적 우위를 갖게 되는 능력은 완전히 사라진 상태였고, 옥좌를 떠남으로써 군세를 통솔할 권한과 부하를 강화시키는 능력도 잃었다. 무한에 가까운 마기도 사라져 마법도 없어지고, 마왕으로서 갖는 절대자의 위엄도 발휘하지 못한다.

지금의 심해왕은 강력한 신체와 특별한 종족적 특성을

가진 단순하고 잔혹한 괴물이 되었을 뿐이다.

다만 그 신체와 특성이 너무 압도적일 뿐.

"데스 선은 어쨌든 마왕의 권능…… 같은 등급의 마왕의 힘을 사용할 수 있다면 조금 가능성이 있을지도……"

그렇게 중얼거리는 박중혁 부장이었지만, 실상은 암담한 상황을 잊기 위해 희망적인 말들을 지껄이는 것뿐이었다. 애당초 마왕의 힘을 어디서 끌어온다는 말인가?

그가 아는 한 데스 선은 마왕 미만의 권능이나 스킬을 초월한 절대적인 힘이기에, 희망은 있을 수 없었다.

'차라리 도망이라도… 저거에 죽으면 나도 복구 못해!'

정확히 말하자면 사라진 캐릭터의 본래 스탯, 아이템을 지급하는 방식으로 구현하는 것은 얼마든지 가능했지만… 단 한 가지, 그로서도 유저가 세상과 소통해 온 흔적을 복구할 수는 없었다.

외형이나 이름을 완벽하게 똑같이 만들어서 유저와 친한 NPC에게 말을 걸어도, 그들은 유저를 새로운 대상으로 인식할 뿐 기존의 유저와 갖고 있던 인연을 떠올리지 못한다.

그것은 시스템상 새로 만들어진 데이터이니 당연한 일이다.

그런 와중에 저곳에 모인 유저들은 전부 고레벨의 유저

들, 그들이 쌓아온 리버스 라이프의 역사를 다시 새로운 캐릭터에 이식하는 것은 완전히 불가능한 일이었다.

'차라리 이전에 죽은 녀석들은 행복하겠어.'

매일 같이 보고 인사하던 상대가 자신을 전혀 알아보지 못한다면 그 기분이 어떠할까, 설령 그것이 게임 속의 NPC라 한들 착잡함은 이루어 말로 표현하지 못할 것이다.

심지어 그것이 게임 내내 함께한 동료들이라면 더욱더……

"뭘로 위로를 해야 하나……."

화면 속, 데스 선을 올려다보는 대로와 그것을 지켜보는 박중혁 부장의 눈이 잘게 떨렸다.

저것은 위험하다.

굳이 불에 데이지 않아도 뜨거운 것을 아는 것처럼, 가까이 가는 것조차 위험한 물건임을 본능이 알리고 있었다.

"진짜 가지가지 하는구만……."

마치 검은 태양을 떠받치는 받침대처럼, 그 밑을 삼각

형으로 지지하는 심해왕의 모습은 맨 처음 모습을 드러냈을 때처럼, 절대자로서의 위엄과 장엄함을 뽐내고 있었다.

마치 지금까지는 장난이었다는 듯, 이제야 마왕의 모습을 드러낸 것 같았다.

'아직 싸우는 데 문제는 없지만……..'

그나마 불행 중 다행으로 맨 처음과 같이 움직이지 못하는 것은 아니었지만, 지금 들어 올린 저것에 당한다면 뼈도 못 추릴 거라는 것은 자명한 사실이었다.

'하기사 마왕이라기엔 마법도 하나도 안 쓰고, 심해왕이라면서 딱히 물로 뭐 하는 것도 없었으니까 말이지.'

어쩌면 속으로 이쯤 되면 저런 게 나올지도 모르겠다고 생각하고 있었는지도 모른다.

그래선지 저런 무지막지한 스킬을 보고도 그저 수긍하는 마음이 들 뿐이었다.

"자, 이제 어쩐다……."

어차피 선택지는 천지개벽뿐이지만, 지금 심해왕의 모습으로 인해 타이밍은 더 까다로워졌다.

저게 어떻게 발동하는 것인지는 알 수 없지만 저 검은 태양이 있는 한, 저것의 주변으로는 몸을 움직일 수가 없었다.

천지개벽 발동에 약점이 생긴 것이나 다름없었다.

"이만… 이 세상에서 사라져라! 마신이시여!"

쿠콰아아아아!

처음 나타났을 때 외쳤던 '마신이시여'라는 말이 시동어인 듯, 부릅뜬 심해왕의 시선이 닿는 곳을 향해 검은 태양이 새카만 불꽃의 레이저를 쏘아냈다.

지이이잉!

샤아아아악!

지이잉!

싸아아악!

"무슨 지우개도 아니고!"

닿는 족족 레이저가 지나간 모양으로 깊은 구덩이가 생겨났다. 무지막지한 위력에 냅다 도망치던 나는 문득 레이저가 그다지 빠르지 않다는 사실을 간파했다.

'의외로 속도는 빠르지 않은데?'

물론 레이저 자체가 쏘아져 오는 것은 보고 피하기가 무리일 만큼 빨랐지만, 쏘아져 오는 텀이나 발동에 걸리는 시간은 꽤 많은 시간을 필요로 했다.

'어쩌면 강한 위력만큼 발동 시간이 오래 걸리는 걸지도……!'

실제로 마신을 부르짖는 심해왕의 목소리가 들리고 나

서 심해왕의 시선이 한차례 목표물을 향하면, 그때서야 검은 태양은 아까 엘리멘탈 캐논이 그랬던 것처럼 검은 입자를 모아 레이저로 쏘아내는 과정을 거쳤다.

레이저가 나오기까지 걸리는 시간이 있으니 심해왕의 시선을 파악하고 도망치기에 부족함이 없었다.

다만 끔찍한 위력에 차마 가까이 갈 수가 없을 뿐.

당장은 태양에서 레이저를 쏘아내는 패턴이지만, 가까이 가면 저 태양 자체를 들고 휘두를지 누가 알겠는가?

그런 위험을 피하기 위해서라도 무모한 일을 하고 싶지는 않았다.

'그래도 스킬인 이상 어느 정도 유지 시간 같은 게 있을 거긴 한데……'

물론 마왕이 사용하는 기술이니만큼 감히 짐작할 수 없지만 어쨌거나 스킬이란 마나든 마기든 어떠한 자원을 소모하는 능력이다. 무제한으로 끝없이 사용할 수 있는 것이었다면 심해왕이 이제야 꺼내 들었을 이유가 없었다.

'쫄쫄이들한테 팔이 날아가고 일격필살이던 공격까지 파훼되는 빡침을 겪고 나서야 꺼낸 스킬이니, 사실상 필살기에 가까운 것이겠지.'

그리고 이런 필살기란 강력할지언정 무한하게 유지되는 경우는 없다.

그때, 여전히 내 손에 매달려 있던 엠페러가 말했다.

"주… 주인……!"

"왜! 나 바빠!"

"나… 죽을 거 같다……."

"뭐?!"

끼이이이익!

심해왕의 시선을 피해 이리저리 바쁘게 움직이던 나는 난데없는 엠페러의 말에 급정거를 할 수밖에 없었다.

아무리 심해왕의 스킬이 무섭다지만 그렇다고 엠페러의 위험을 모른 척하기엔 지금 엠페러에게 걸린 것이 너무 많았다.

"우, 우웁!"

"또 토할 거 같아? 브레스 같으면 그냥 쏟아내! 그 정도는 괜찮아!"

"우… 우우우……."

여지껏 브레스를 뿜었던 패턴 그대로 다시 한번 토악질을 준비하는 엠페러의 모습에 그나마 다행이란 생각을 하던 나는 이어진 엠페러의 신음에 당황할 수밖에 없었다.

"우우… 이번엔… 다른 게 나올 거 같다."

"뭐?"

다른 것이라니. 새로운 브레스를 뿜어낸다는 말인가?

아니면 다른 마법?

혹시 아까 맞은 공격이 잘못된 것일까?

긍정적으로 생각하기엔 심해왕의 공격을 정면으로 받아 냈다는 점과 엠페러의 표정이 이전에 없을 만큼 진지하다 는 점이 마음에 걸렸다. 안색 또한 어둡고 목소리도 가라 앉아 누가 봐도 병자로밖에는 보이지 않을 지경이었다.

"젠장……."

순간 역소환에 대해서 생각을 해봤지만 알려진 바로 소 환수의 역소환은 이공간 속에서 자연 치유를 통해 회복을 하는 것일 뿐, 특별한 치료 효과가 있는 것이 아니었다. 그러니 상태 이상 효과나 몸 자체의 소실 같은 것은 치료 가 불가능했다.

즉 엠페러가 이 상태로 역소환된다고 한들 도움이 될 것이 없는 상황, 이것을 해결할 유일한 방법이 있다면 성 직자의 치료뿐이었다.

"그놈의 성직자! 남의 파티엔 흔해빠졌더만 왜 나는 한 번도 못 본 거야!"

사실 마계에는 많은 성직자들이 포함된 파티가 들어왔 다.

다만 그들 중 살아남은 이들이 없을 뿐.

마기와 완전히 상반되는 힘을 가진 성직자는 당연히 마

계에서 최우선 척살 대상이었고, 그들 대다수는 마계의 문을 나온 지 얼마 되지 않아 다 죽어버리고 말았다.

심지어 마기로 인해 성직자의 능력치가 감소하기까지 하니, 대부분의 파티는 마법사와 포션을 대량으로 챙기는 것으로 마계 공략에 나섰다. 그리고 그중 가장 큰 규모의 파티가 바로 바이저스 길드였으니, 이곳에서 성직자를 보지 못할 수밖에 없었다.

"웁… 우웩!"

그사이 결국 토악질을 시작한 엠페러는 아까까지와는 달리 기다란 침 줄기를 흘리며 배를 힘겹게 쓰다듬기 시작했다. 아무리 봐도 정상이 아니었다.

"젠자아앙……!"

그렇다고 한들 이대로 가만히 있을 수만은 없는 일, 나는 재빨리 엠페러를 안아 들고 자리를 피했다.

지이이잉!

쏴아아악!

내가 도망친 자리로 내리꽂히는 레이저와 녹는 듯, 사라진 듯 뻥 뚫려 버린 바닥. 안도의 한숨을 내쉬려던 찰나, 이번엔 엠페러의 괴로워하는 신음소리가 들려왔다.

"으으으, 주인……."

'대체 어떡하지!'

도저히 어떻게 해야 이 난관을 헤쳐 나갈 수 있을까? 하지만 고민해 봐도 답은 나오지 않았다.

콰쾅!

"여기다, 멍청아!"

"위험해!"

그때, 이런 엠페러의 이상을 멀리서도 알아차린 듯 얼마 남지 않은 마나를 쥐어짠 나여주의 공격이 심해왕의 안면에 작렬했다.

당연히도 피해는 전무, 그러나 심해왕의 눈을 돌리는 데는 성공했다.

"네년, 그렇게 죽는 게 소원이라면 먼저 죽여주마⋯⋯!"

지이이잉!

나를 노리고 충전되고 있던 레이저가 나여주를 향하자마자, 나여주는 전력을 다해 옆으로 뛰었다. 레이저는 아슬아슬하게 스치고 지나갔지만, 만일 처음부터 심해왕이 나여주를 노리고 있었다면 그녀의 순발력으로는 절대 피하지 못했을 법한 공격이었다.

"젠장⋯⋯."

나여주가 시선을 끌어주는 사이 무엇이라도 해야 했다. 하지만 당장 나로선 할 수 있는 게 아무것도 없었다.

실상 내 능력의 대부분은 엠페러가 없으면 무용지물, 단순히 깡스탯만 높은 바보 수준이었으니 말이다.

'이럴 줄 알았으면 다양하게 스킬을 익혀놓을걸!'

스킬의 성장이 없었던 것은 아니지만 절대적인 공격력을 자랑하는 엠페러를 들고 다니던 내게 제대로 된 공격 스킬이라곤 아무것도 없었다.

대부분이 보조나 생존을 위한 스킬일 뿐.

"마신이시여!"

예의 심해왕의 목소리가 울려 퍼지고, 그의 시선이 허둥대는 나여주를 향했다. 이미 그녀가 손쉬운 먹잇감임을 파악한 심해왕의 두 눈에 잔혹한 빛이 감돌았다.

'젠장, 뭐라도 던져서……!'

시선을 돌릴 방법을 찾아 주변을 둘러보는 그때. 다시 한번 심해왕의 안면에서 불꽃이 피어올랐다.

"버스터 휩!"

투쾅!

피어오르는 불꽃 사이로 떨어져 내리는 기다란 검날 달린 채찍.

나는 있을 수 없는 일이라는 생각에 공격이 날아온 방향으로 고개를 돌렸다.

"이 새끼야! 정의의 사도는 죽지 않아!"

"요즘엔 가끔 죽기도 해."

반쯤 드러누운 포즈로 심해왕에게 시비를 거는 레드와 그것에 차분히 대꾸하는 옐로우.

엘리멘탈 파이브의 두 사람이 그곳에 있었다.

거기에…….

"신성력?!"

엘리멘탈 파이브 셋이 합체 피니시 무브를 사용할 때나 다른 전투 중에 전혀 참여하지 않는 것을 보고 이상하다 싶기는 했다.

하지만 완벽한 여전사 차림을 하고 있었기에 성직자일 거라고는 생각 못한 옐로우가 당당히 신성력으로 레드의 상처를 치료하고 있었다.

이에 심해왕조차 놀랍다는 듯 옐로우를 내려다봤다.

"감히 마신의 축복을 받은 이곳에 신성력을 익히고 들어온 간 큰 녀석이 있을 줄은 몰랐군. 너무 존재감이 없어서 가장 중요한 놈을 놓칠 뻔했구나……!"

신성력의 존재를 파악하자마자 너무도 당연하다는 듯 이글거리는 살의를 드러내는 심해왕이었다.

이에 옐로우가 물끄러미 심해왕을 올려다보며 말했다.

"간 크다는 소리는 처음 들어봤어. 다른 게 크다거나 존재감이 남다르다는 소리는 꽤 들어봤는데 말이야."

쓰윽.

"……."

그렇게 말하며 당당히 가슴을 쭉 펴는 옐로우는 그녀의 말처럼 엄청난 존재감을 내뿜고 있었다.

"주, 주인……."

"으, 응? 엠페러!"

순간 일대의 모든 남자의 시선을 앗아간 그 장면에 잠시 넋을 놓았던 나는 약간의 생기가 돌아온 엠페러의 목소리에 급히 정신을 차렸다.

"내 무덤은… 저곳으로……."

"……."

그렇게 말하며 옐로우를 가리키는 엠페러의 모습에 잠시 할 말을 잃었지만… 사실 엠페러의 말이 아니더라도 이미 내 목표는 옐로우였다.

"목적지는 동의하지만, 저기가 무덤은 아닐 거다!"

투쾅!

이미 스킬을 완충한 심해왕의 공격보다 먼저 도착하기 위해 전력을 다해 뛰어오르자, 바닥의 파편이 터져 나가는 소리가 들렸다.

하지만.

'이대로는 부족한데……!'

아무리 추진력을 더한대도 꽤나 먼 곳에 떨어져 있는 엘리멘탈 파이브 일행에게 따라붙기란 어려운 감이 있었다. 애당초 싸움을 피해 치료에 집중하기 위해 어쩔 수 없는 선택이었으리라.

"아직… 안 끝났다, 마왕."

스스슷!

도저히 닿지 못할 것만 같아 마음이 약해지려는 찰나.

이번에는 심해왕의 어깨 부근에서 작은 속삭임과 함께 마치 환상처럼 한 사람의 인영이 나타났다.

"저건……!"

피니시 무브.

문 워커.

파앗!

스카카카칵!

"하아압!"

꽤 오랫동안 모습이 보이지 않던 아르덴이 놀랍게도 심해왕의 어깨에서 모습을 드러냄과 동시에 재빠른 움직임으로 심해왕의 일렁이는 눈구멍에 칼을 쑤셔 넣었다.

"아직 하나 더 있다고! 문 워커!"

퍼억!

미리 계획한 듯, 괴로워하는 심해왕의 머리 위로 아르

덴과 똑같이 문 워커를 사용하며 나타난 것은 동생 옐로 아였다. 그녀 역시 작달막한 손에 들린 은빛 단도를 뻥 뚫린 반대쪽 눈 구멍에 쑤셔 넣었다. 둘은 이것을 끝으로 할 일을 다했다는 듯 다시 자리에서 사라져 버렸다.

"과연 암살자!"

자그마치 마왕의 머리까지 들키지 않고 올라가 피니시 무브를 먹인 것에 감탄했다.

물론 심해왕의 정신이 분산된데다, 데스 선이라는 극도의 집중을 필요로 하는 스킬을 발동 중이었기에 가능한 일이었다. 어쨌든 중요한 순간에 최고의 도움이 되었다.

"제로 님! 뛰세요!"

나와 엠페러의 상황 역시 미리 파악한 듯, 다시금 심해왕의 허리께에 모습을 드러낸 아르덴은 가느다란 물줄기가 뿜어져 나오던 심해왕의 상처를 헤집기 시작했다.

"끄으으으으아!"

아무리 마왕이라곤 하지만 이미 상처가 난 곳에 파고드는 칼은 어쩔 수 없는 듯 괴로운 신음을 흘리는 심해왕이었다.

"좋았어!"

나는 이런 천재일우의 기회를 만들어준 아르덴에게 작게 인사하며 옐로우가 서 있는 곳으로 달려가 아직 드러누운 레드와 옐로우를 양팔로 안아 들었다.

"으라차차!"

"어어어?!"

"어머?"

원래 들고 있던 엠페러는 옐로우에게 던져 주고, 레드와 옐로우를 양 옆구리에 끼운 나는 다시 온 힘을 다해 심해왕의 시선이 닿기 힘든 사각지대로 몸을 날렸다.

"주인, 난 이제 죽어도 여한이 없다."

"멍청아! 헛소리 하지 마!"

옐로우의 품에서 이미 원을 이루었다는 듯, 죽음을 준비하는 엠페러의 입가엔 뜻 모를 미소가 피어 있었다.

후다다닥!

처억!

금방 성의 기둥과 돌무더기가 떨어져 내린 그림자 사이로 몸을 숨긴 내가 옐로우와 레드를 내려놓자, 옐로우는 이미 자신이 할 일을 알고 있다는 듯 곧장 내 오른손을 잡았다.

"와, 심하게 부러졌네. 우리집 애가 레고로 만들어도 이것보단 손 같겠다."

"유부녀였어?!"

"괜찮아, 난 유부녀도……."

내 손의 형태를 보며 감탄하는 옐로우의 말에 경악하는 레드와 헛소리를 늘어놓는 엠페러를 무시하고 나는 오히려 옐로우의 손을 이끌어 엠페러를 향하게 했다.

"내 손은 됐어! 우선 얘부터!"

"어머! 진짜? 착한 주인이네."

조물조물.

그렇게 말하며 배시시 웃음지어 보이는 그녀는 과연 애 딸린 유부녀가 맞는가 하는 의심이 드는 외모였지만, 나는 침착하게 내 손을 주무르며 조각난 뼈를 맞추는 옐로우에게 말했다.

"나는… 저는 괜찮습니다. 일단 엠페러 쪽이 위독하니……."

"응? 이거 아프잖아?"

"그거야 그렇지만, 일단 저 쪽이 더……."

"걱정 마, 걱정 마. 내가 보기엔 이쪽을 먼저 하는 게 맞으니까… 그리고 저쪽은 시술이 필요하기도 하고……."

그렇게 말하며 연신 내 손을 만지작거리는 옐로우의 손길은 그야말로 따스했다.

단순히 체온 이야기가 아니라, 실제로 그녀의 손은 신성력으로 빛나며 따뜻하게 내 손을 어루만지고 있었다.

'고통이 줄어든다.'

다친 이후 시스템에 의해 계속해서 통증이 전달되던 손은 옐로우의 손에 닿은 즉시 통증이 줄어들기 시작했고, 그녀의 접골 스킬의 효과를 받은 손은 눈 깜빡할 사이에 본래의 모습을 되찾았다.

"벌써······?"

"자! 다됐다!"

나는 난생처음 받아보는 신성력 치료에 감탄할 수밖에 없었다.

그간 여행을 하며 상처가 나면 포션이나 자연 치료만을 기다리던 나에게 신성력의 기적과도 같은 치료 과정은 경이로운 일이었다.

"그럼 이 애를 볼까?"

나는 손에서 떨어져 나가는 포근함에 아쉬움을 느끼면서도 시커먼 안색으로 바닥에 드러누운 엠페러를 보며 안절부절했다.

그러나 옐로우는 그런 엠페러를 보자마자 가볍게 웃으며 검지 손가락을 들어 보였다.

"푸훗! 엄살이 심한 아이네?"

마치 이런 아이를 어떻게 다뤄야 할지 잘 알고 있다는 듯 가볍게 엠페러의 배를 쓰다듬자 다 죽어가는 와중에도 엠페러가 웃음 짓는 게 느껴졌다.

'이 멍청이가 다 죽게 생긴 주제에!'

나는 일단 의사가 왔으니 증상을 설명해야겠다는 생각에 옐로우를 향해 지금껏 있던 일을 모조리 쏟아내듯 말하기 시작했다.

"얘가 원래 이렇지가 않았거든요? 엄청 튼튼하고, 체력도 많고, 방어력도……. 아, 그보다는 좀 전에 몸으로 마왕 주먹질을 한 방 맞았는데 그 이후로 갑자기 호흡 곤란 증세도 보이고… 그보다 전에는 뭘 잘못 먹었는지 입에서 아이스 브레스를 자꾸 뿜는데……."

마치 다친 어린 아이를 안은 부모마냥 호들갑을 떠는 내게 옐로우는 조금 전 세운 검지를 입가에 가져다 댈 뿐이었다.

"쉬이잇."

"아, 예……."

나도 모르게 그녀의 동작에 맞춰 입을 다물자 그녀는 그제야 만족했다는 듯 방긋 웃으며 말했다.

"너희들 재밌네? 어때, 레드? 나 얘네 따라가도 돼? 너네보다 재밌는데."

"안 돼! 절대 안 돼!"

정말 흥미롭다는 듯 즐거운 표정으로 그렇게 말하는 옐로우의 말에 경기를 일으키듯 반응하는 레드였다.

이 모습에 그 반응이 재밌다는 듯 다시 한번 푸흡 웃은 옐로우는 조금 전부터 세우고 있던 검지 위로 새하얀 신성력을 내뿜는가 싶더니… 이내 엠페러의 입 속에 단숨에 찔러 넣었다.

푸욱!

"켁! 케헥!"

"엠페러!"

"어머, 이거 생각보다 부드럽네? 펭귄은 이빨이 없다더니."

펭귄 특유의 입 안 감촉에 감탄을 하던 그녀는 기침을 내뱉는 엠페러와 이에 발을 동동 구르는 나를 보며 재밌다는 듯 웃으며 이번엔 보다 깊숙이 손가락을 집어넣었다.

"에잇!"

푸욱!

"우, 우에에엑!"

"엠페러어어!"

휘적휘적.

내 절규를 듣는 건지 마는 건지, 손가락을 넣다 못해 목에 넣고 마구 휘젓기 시작한 옐로우는 얼마 지나지 않아 눈을 깜빡이며 무언가 발견했음을 알렸다.

"이런 건 어디서 주워 먹었니?"

쑤욱!

그녀의 손에 걸려 나온 것은 녹다 만 모양의 구슬이었다. 그사이에 금빛으로 빛나는 조그만 왕관 같은 게 보였다.

"뭐, 뭐야, 이게? 진짜 언제 먹은 거야?"

도저히 연원을 알 수 없는 물건이 튀어나온 데 대해 내가 엠페러에게 묻자 기운 빠진 듯 엠페러가 늘어진 모습으로 말했다.

"저거, 진주……."

"진주……? 아! 설마!"

나는 그제야 저 구슬이 원래 무엇이었는지 기억해 낼 수 있었다.

예전 엠페러와 내가 케이안 숲에서 처음 만났을 무렵, 걸어다니는 조개의 시체에서 얻었던 큼지막한 진주. 그것을 엠페러에게 맡기자 자기가 보관하겠다며 입 안에 넣었던 물건이었다.

"그거 어디 갔나 했더니만……!"

언젠가 한 번 문득 떠올라서 인벤토리를 다 뒤져봤지만 찾을 수 없었기에 인벤토리에 안 들어가는 물건이라 버렸나 보다 하고 잊고 있었건만, 엠페러의 위 속에서 분해되고 있었던 것이다.

'그러고 보니 이 녀석, 어느 날인가부터 조금씩 날씬해지는 거 같더라니!'

물론 지금도 통통했지만, 맨 처음 진주를 삼켰을 때 배가 볼록했던 것을 생각하면 지금은 꽤나 날씬했다.

"그리고… 이 안에 이런 물건이 들어 있었단 말이지?"

파삭!

옐로우로부터 진주를 건네받은 나는 왕관의 겉을 감싸고 있는 진주를 악력으로 부숴 버렸다. 그러자 안에서 손바닥 반절 크기의 조그만 금빛 왕관이 드러났다.

조그만 왕관은 그야말로 동화 속 임금님의 왕관 같은 형상에, 위로 커다랗게 솟은 뿔 모양 세 개가 달린 거의 장난감과 같은 외형을 가지고 있었다.

하지만.

"차갑네."

아직까지 신성력의 여파로 따뜻함을 유지하고 있던 오른손이 마치 얼음물에 담가놓은 것처럼 싸늘해졌다. 그러자 이를 가만히 보고 있던 엠페러가 그제야 떠올랐다는 듯 왕관을 보며 외쳤다.

"아! 그거 우리 할아버지가 쓰고 있던 거다!"

"…역시."

이미 예상한 바였던 만큼 크게 놀라지는 않았지만 이런 물건이 진주 속에 들어 있고, 그걸 엠페러가 낼름 삼켰다는 점은 놀라운 점이었다.

마치 운명의 장난이라고나 할까?

'이게 엠페러가 실종될 때 같이 없어진 거라면… 케이안 숲에서 발견되는 것도 이상한 일은 아니긴 하네.'

진주야 어차피 조개 안에 들어간 이물질에 의해 만들어지는 것이니 자이언트 쉘의 진주 안에서 발견되는 것도 이상하지 않았다.

"그럼… 열쇠는 다 모인 건가?"

나는 완전히 치료된 오른손을 몇 번 쥐었다 편 뒤, 손에 들고 있던 왕관을 아직 드러누운 엠페러의 머리에 끼워 넣었다.

그러자.

빰빠밤!

〔소환수 '엠페러'의 종족 특성이 개방됩니다.〕

〔소환수의 마법이 추가되었습니다.〕

〔소환수의 능력치가 일부 변경되었습니다.〕

〔신물 ― '냉기의 권위'가 '엠페러'에게 귀속되었습니다.〕

"이름이 냉기의 권위였나 보군."

눈앞에 떠오르는 여러 가지 시스템 메시지를 보며 냉기의 권위를 쓴 엠페러를 물끄러미 내려다보았다.

그러자 자신의 머리 위에 새로운 것이 생겨났음을 깨달은 엠페러가 벌떡 일어나 나에게 따졌다.

"주인! 무슨 짓이냐! 내 맨들맨들하고 멋진 머리에……!"

"까악! 귀여워!"

뭉클!

"주인, 나중에 광택제를 사줬으면 좋겠다."

"…그 정도는 해주마."

그 말을 끝으로 옐로우의 품에서 떨어지기 싫어하는 엠페러를 강제로 떼어내 대검화시킨 나는 재빨리 엠페러의 바뀐 능력치들을 확인했다.

'세세하게 확인하기엔 시간이 모자라니 일단 당장 사용할 수 있는 것을 위주로 봐야겠지.'

스탯의 변경점이야 어차피 지금까지의 싸움을 통해 대략적인 상황을 알 수 있었기에, 나는 새로 생겨난 스킬들을 확인했다.

〔종족 특성 스킬 : 브레스(0/2), 아이스 포스 (4/4)…….〕

"아이스 포스!"

파핫!

싸아아아—!

스킬의 발동과 함께 급속도로 주변의 기온을 낮추는 아이스 포스의 효과를 보며 만족스럽게 고개를 끄덕였다.

'브레스도 사용할 수 있었으면 좋겠지만 이미 사용 횟수를 모두 소모했으니…….'

브레스를 활용하면 좋을 테지만, 아까 사용한 어설픈 브레스도 모두 스킬 사용으로 카운트된 것인지 브레스의 사용 가능 횟수는 더 이상 남아 있지 않았다.

'몇 가지 액티브 스킬이 있긴 하지만 아이스 포그 외엔 모두 엠페러가 독자적으로 사용해야 하는 스킬뿐이야. 내 손에서 효과를 받으려면 이것뿐이군.'

하지만 나쁘지 않았다. 아이스 인챈트 따위는 가볍게 씹어 드시는 아이스 포스는 종족 특성 스킬답게 엄청난 추가 공격력과 브레스에 비견되는 냉기 추가 효과를 가지고 있었다. 거기다 버프 형식이기 때문에 꽤 오래 사용할 수 있었다.

"좋아! 그럼 가 볼까?"

나는 여전히 악전고투를 벌이고 있는 아르덴과 엘로아를 향해, 그리고 그들을 보조하는 다른 사람들을 향해, 마침내 이 싸움의 종지부를 위한 걸음을 내딛었다.

[찾았습니다.]

뜬금없는 말이었다.

그러나 그 보고를 듣고 있던 나대주는 그 말을 기다렸다는 듯 담담한 얼굴로 전화를 받았고, 이내 그가 부탁한 자료가 그의 컴퓨터 화면에 나타나기 시작했다.

"……"

무거운 침묵.

보고서 내용을 확인하는 나대주는 아무 말이 없었고, 그의 손짓에 따라 스크롤이 내려가고 새로운 사실들이 눈에 들어옴에도 오랜 정재계 생활로 단련된 그의 얼굴엔 일말의 감정도 드러나지 않았다. 다만…….

파르르.

보고서의 마지막을 확인하는 그의 몸이 살짝 떨렸을 뿐이다.

"이 보고 내용… 추가 조사를 할 필요는 없겠지?"

[예. 100퍼센트 확실하다고 생각합니다.]

"…근거는?"

[보내주신 추가 자료를 근거로 조회한 결과, 일치하는 인원은 단 세 명밖에는 존재하지 않으며, 나이대를 기반으로 추리면 두 명, 그중 한 명은 사망한 것으로 되어 있기 때문에 현재 '실종' 상태인 나머지 한 명밖에는 나오지 않습니다.]

"좋아. 확실하군. 이만 쉬도록."

[예.]

뚜─

그 말을 끝으로 전화를 끊은 나대주는 전화하는 내내 잔뜩 굳어 있던 얼굴을 무너뜨리듯 풀어내며 보고서의 말미를 몇 번이고 다시 봤다.

그리곤.

"후우……."

깊은 한숨과 함께 그만을 위해 특별히 제작된 고급 소파에 깊게 몸을 묻었다.

그의 몸을 감싸안는 푹신한 감촉에도 그의 무너진 얼굴은 표정을 제자리를 찾지 못했고, 결국 이런 얼굴을 누구에게도 보이기 싫다는 듯 한 손으로 자신의 얼굴을 가려버린 나대주가 힐끗 컴퓨터 너머의 모니터를 바라보았다.

모니터 속에는 몸에 붙은 날벌레들을 쫓기 위해 몸을 비트는 심해왕과, 그런 심해왕에게서 떨어지지 않기 위해 필사적으로 칼을 찔러 넣는 아르덴 남매의 모습이 비치고 있었다.

그리고… 그런 싸움의 현장으로 한 사람이 들어서는 것이 화면에 비추고 있었다.

"설마 하니 그 부부의 아들이라니……."

화면이 클로즈업되며 새로운 도전자의 얼굴을 확대하자, 그의 커다란 화면이 모두 그 사람의 얼굴로 가득 차버렸다.

"결국… 업은 돌아오는 건가?"

화면을 가득 채운 대로의 얼굴.

그것을 확인한 나대주가 쓸쓸하기 만한 중얼거림을 흘렸다.

살짝 열린 커튼 틈새로 아침의 햇살이 쏟아져 들어오고 있었다.

Chapter 5

퍼펙트 무브

“용케 아직 한 명도 안 죽었네.”

나와 엠페러가 옐로우에게 치료를 받는 시간은 그리 길지 않았다. 그래도 아까까지 심해왕의 기세를 생각해 보면 여기 있는 이들 중 반 이상 죽어나갔다고 해도 이상하지 않을 정도였다.

‘아르덴이랑 엘로아가 시간을 많이 끌어주는 것 같긴 한데…….’

심해왕의 상처 곳곳을 헤집으며 그의 몸을 놀이터마냥 뛰어다니는 두 암살자 남매는 분명 심해왕을 귀찮게 하고 있었지만… 그뿐이었다.

'그것만으로는 부족해.'

단순히 아르덴 남매 둘이 어그로를 분산하기 때문이라기엔, 심해왕 주변에 딱 달라붙어서 온갖 공격을 해대고 있는 바이저스 길드나 다크엘프들이 말이 안 됐다.

몸에 딱 달라붙어 있는 암살자들이야 저 검은 태양의 레이저로 조준하기가 껄끄럽다지만 바닥을 달려 심해왕의 몸에 주먹이나 칼을 휘두르는 나머지에게는 해당되지 않는 내용이었다.

설령 태양에서 뿜어지는 레이저가 아니더라도 당장 손으로 쓸어내기만 해도 저들 중 1/3은 죽어나갈 터. 그런데 어째선지 심해왕은 그들을 몸에서 멀리 떨어뜨리려고만 할 뿐 이렇다 할 공격 의지를 보이지 않았다.

"뭐지? 일부러 가지고 노는 건가?"

하지만 그렇다고 보기엔 이리 꿈틀, 저리 꿈틀 하는 심해왕의 움직임은 필사적이었으며 간간이 휘두르는 꼬리도 소극적이다 뿐이지 여전히 위협적인 공격이었다.

'무언가 이유가 있군.'

그것이 무엇인지는 이제부터 밝혀내야겠지만, 지금의 공격 방식이 분명 심해왕의 약점 중 하나임에는 틀림없는 듯했다.

'먼저 생각해 볼 수 있는건 스킬의 한정 횟수인가?'

엠페러의 브레스가 그랬던 것처럼, 강력한 기술에는 언제나 제약이 따르기 마련이다.

피니시 무브와 같이 까다로운 발동 조건이나 큰 페널티가 있는 경우도 있고, 혹은 스킬 자체가 결점을 가진 경우도 있었다.

그중 가장 먼저 떠올릴 수 있는 것은 당연히도 횟수였다.

'하지만 그렇다고 보기엔 아까 나를 상대할 때 스킬을 난사한 건 이해하기 힘들지.'

물론 약이 오를 대로 오른 심해왕이 눈이 뒤집혀 공격을 쏟아냈다는 가능성도 배제할 수는 없지만 아무래도 가능성은 낮을 것이다. 오히려 스킬 발동시 많은 집중력이 필요하다는 것이 보다 가능성이 있었다.

'생각해 보면 심해왕은 스킬을 발동하기 전후로 꽤 집중하는 모습을 보였지.'

저만큼이나 강력한 기술을 사용하는 데 집중이 필요한 것은 오히려 당연한 일인지도 몰랐다.

하지만.

"역시 그게 이유가 되지는 않지."

고도의 집중력을 요구하는 스킬이란 것이 스킬을 마음껏 사용하지 못하는 이유는 될 수 있지만, 주변에 모인 사람들을 죽이지 못하는 이유가 되지는 않았다.

아니, 오히려 그런 조건이라면 더더욱 빨리 저들을 다 쓸어내는 것이 맞았다.

"그렇다면 역시… 제대로 다루지 못하는 것일까?"

문득 저 검은 태양을 받치고 있는 팔이 자리를 이탈하면 안 되는 것일까 하는 생각을 했지만, 그런 가정은 몸에 붙은 아르덴을 떼놓기 위해 간간이 팔이 움직인다는 사실을 깨달으면서 고려의 대상에서 제외됐다.

또 다른 가설, 검은 태양 자체가 자리에서 움직이지 못한다는 것도 급하게 사람들로부터 멀어지려는 심해왕의 모습에서 아니란 걸 알 수 있었다.

그리고 그 과정에서 한 가지 사실을 파악할 수 있었다.

심해왕이 자신이 들고 있는 검은 태양을 극도로 주의하고 있다는 것.

단순히 신줏단지 모시듯 소중히 하는 것이 아니라, 그것을 두려워하며 불편해하고 있다는 것이 연신 검은 태양과 밑의 사람들을 번갈아보는 그의 시선에서 느껴졌다.

그리고 이런 내 생각은 결국 짜증을 참지 못한 심해왕이 자신의 발치에 있던 유저에게 검은 태양의 광선을 쏘는 것으로 확신이 되었다.

"이 귀찮은 것들! 그만 죽어라!"

지이이잉!

수직으로 떨어지는 레이저와 아슬아슬하게 레이저의 범위를 벗어나고 있는 유저.

그런 유저를 구하기 위해 심해왕의 꼬리를 공략하고 있던 벨라와 파울이 나섰다.

"벨라! 준비해라!"

"언제든지……!"

심해왕의 꼬리에 직접 방패를 갖다 댄 벨라와, 그 방패의 안쪽을 향해 아까의 정 형태의 오러가 담긴 발차기를 내지르는 파울.

그 둘의 조합은 가히 무지막지했다.

꾸웅!

퍼어어엉!

파울의 공격은 방패의 특수 효과에 의해 몇 배나 증폭되어 방패의 전면부로 퍼져 나갔고, 그 위력은 강력했지만 치명적인 데미지는 되지 못했다.

그러나 다른 데 정신이 팔려 있던 심해왕의 꼬리를 밀어내기엔 충분했다.

카가각!

"젠장! 실패가!"

검은 태양의 공격으로부터 유저를 구하고자 심해왕을

흔들 생각이던 파울과 벨라의 공격은 아쉽게도 그저 심해왕의 꼬리를 옆으로 몇 미터 옮기는 데 그쳤다. 강력하긴 했으나 심해왕의 거체를 흔들기엔 역시 부족했던 것이다.

결국 도망치는 유저를 돕지 못한 두 엘프가 안타까움에 인상을 찌푸릴 때쯤, 기적이 일어났다. 도망치는 유저의 뒤를 쫓던 레이저가 감쪽같이 사라진 것이다.

심지어 유저는 밀려난 꼬리 때문에 퇴로를 차단당해 다가오는 레이저를 멍하니 지켜보고만 있었는데도 말이다.

"이, 이놈들!"

검은 태양의 광선이 사그라들고, 심해왕은 굉장히 화난 듯, 혹은 당황한 듯한 어조로 유저의 퇴로를 가로막던 자신의 꼬리를 급히 뒤쪽으로 물렸다. 그 안쪽에 유저가 있었음에도 말이다.

'저건……'

마치… 도망가는 듯한 느낌이었다.

도저히 심해왕이란 존재에게 어울릴 것 같지 않은 단어였지만, 느끼기에는 분명 그랬다.

그렇기에 확신할 수 있었다.

'저 녀석, 자기 스킬을 겁내고 있어!'

가까이 붙은 상대로 스킬을 사용하지 못하고, 자신의

몸에 닿기도 전에 스킬을 취소시키며, 그걸 받치고 있는 손은 조심스럽게 한정적으로만 움직이고 있었으니… 더 이상의 관찰은 의미가 없었다.

"조종이 불완전하다기보다는, 위력을 감당 못 하는 거군."

레이저가 몸에 닿을까 봐 재빨리 끊어낸 것을 보면 그랬다.

그리고…….

"이노오오옴!"

지이이잉!

나를 보자마자 스킬을 갈겨 대는 것만 봐도 말이다.

"안 돼……!"

벌떡!

다시 한번 자리를 박차고 일어난 박중혁 부장이 심해왕의 유일한 타깃이 된 대로를 안타깝게 바라봤다.

끝없이 쏟아지는 데스 선의 광선과 접근조차 하지 못한 채 계속해서 피해 다니는 대로, 그 모습이 아슬아슬한 곡예와도 같아 보고 있는 박중혁 부장의 손에 땀을 쥐게 만들었다.

"젠장! 저 새끼 인공지능 부여한 게 누구야? 완전 야비한 놈이잖아?"

자신 근처에 있는 적들을 상대로는 무서워서 스킬 한 번에 벌벌 떠는 주제에, 멀리서 대로가 나타나자 기회라는 듯 마구잡이로 스킬을 난사하고 있으니, 박중혁 부장으로서는 화가 날 수밖에 없었다.

물론 원래 설정이 그렇게 생겨먹은 것을 이제 와 심해왕 탓을 하기도 애매하긴 했지만…….

그때, 도망자와 추적자의 끝없는 추격전을 비추던 화면에 갑자기 새로운 광경이 나타나기 시작했다.

"저런… 미친……."

그것은 엠페러가 마술 봉을 꺼낸 직후의 일이었다.

퍼어엉!

"뭐야? 너 그런 것도 할 수 있었냐?"

"후후, 마술은 위대한 거다, 주인."

여유롭게 왕관 위로 모자까지 쓰고 나비넥타이까지 목에 건 엠페러는 신나게 마술 봉을 휘두르고 있었다.

"욥욥! 요오오옵!"

따란!

엠페러가 휘두르는 마술 봉의 움직임에 따라 어디선가 튀어나온 검은 상자가 날아오는 광선을 중간에 흡수하더니, 다른 곳에서 불쑥 튀어나온 상자가 아무도 없는 허공을 향해 흡수한 레이저를 쏟아내고 있었다.

"공간 이동 마술은 기본이지!"

"어차피 원리도 모르고 쓰는 거잖아, 너."

"쉿, 마술의 비밀을 함부로 파헤치려 들어서는 안 되는 거다, 주인!"

"······."

그걸 마술을 쓰는 본인도 모른다는 게 문제라니까.

애당초 날아오는 파괴 광선을 흡수해서 아무데나 뿌려 대는 것부터가 마술의 영역을 넘어선 일 아닌가?

'그나저나 마술의 효과가 훨씬 세진 것 같긴 하네.'

일전의 마술들은 그야말로 우리가 흔히 아는 '마술'의 기본 영역에 충실했다면, 어째선지 지금 엠페러가 펼치는 마술들은 그것을 한참이나 뛰어넘어 가히 마법의 영역에 도달해 있었다.

이는 엠페러가 마수족의 신물을 장착함에 따라 마기의 운용량이 급격히 확대되면서 일어난 일이었지만 이런 사정까지는 알 수 없었다.

'무엇이든 파괴하는 광선조차 무시할 수 있는 마술이라니……. 과연 전대 마왕이 심취했을 만도 하군.'

실제론 그저 같은 등급의 권능급 스킬인지라 그 데이터량이 너무 많아 데스 선의 효과로 파괴에 시간이 걸리는 것뿐, 계속 파괴되는 중이었다.

다만 육안으로 보기에 파괴되는 데 시간이 걸리는 마술 도구들보다, 그것에 농락당해 다른 데로 사라져 버리는 광선이 더 눈에 띄었기에 그렇게 착각하게 됐을 뿐이다.

'굉장히 도움이 되긴 하지만… 아직 위험이 사라진 것은 아니지.'

아니, 오히려 위기 상황이라고 다시 한번 자각했다고나 할까?

엠페러가 아무데나 쏘아 댄 레이저가 성의 곳곳을 자르고 뚫어 대는 모습을 보며 저것이 내가 생각한 것보다 훨씬 더 위험한 물건임을 알 수 있었다.

"맵 구조를 파괴하는 스킬이라니, 대체 뭔 스킬을 만들어 놓은 거야!"

순간 머릿속으로 지금 이 광경을 보며 비웃고 있을 아버지의 얼굴이 스쳐 지나가고, 뭐 빠지게 도망치는 내 모습을 편집해서 놀려먹을 일을 생각하니 벌써부터 열이 뻗쳤다.

'젠장! 그것 때문에라도 저 괴물 놈 잡고 만다!'

물론 실제 박중혁 부장은 데스 선이 등장한 이후부터 발을 동동 구르고 있었지만… 그런 거야말로 알 수 있을 리 없었으니까.

"엠페러, 뭔가 다른 마술은 없어?"

"음, 절단 마술이 있긴 한데……."

"절단? 일단 도움될 만한 거면 뭐든 해 봐!"

"그럼, 흐으으으읍!"

지금까지와는 비교가 안 되는 마술이라는 듯 뒤에서 날아오는 광선도 무시한 채 집중에 들어간 엠페러가 꼭 감았던 눈을 번쩍 뜨며 외쳤다.

"초대형 마술 상자 소환!"

"……?"

순간 엠페러의 외침에 따라 심해왕의 주변으로 모습을 드러낸 거대하고 넓적한 네 개의 검은 판때기는, 순식간에 당황하는 심해왕의 주변을 감싸며 딱 그가 들어갈 만한 크기의 상자로 변모했다.

"……."

"……."

"……."

갑작스런 마술로 인해 졸지에 관객이 되어버린 사람들과 그것을 보는 우리, 그리고 뻥 뚫린 구멍 밖으로 뼈 대가리를 빼꼼 내밀고 있는 심해왕의 시선이 마주쳤다.

"자, 잘했어! 뭔진 모르지만 어쨌든 봉쇄했잖아?"

짝짝짝!

무엇이든 해보라고 했지만, 설마 하니 이렇게 완벽하게 심해왕을 봉인하는 마술이 튀어나올 거라곤 상상조차 못 했기에 조금 황당하긴 하지만, 나는 일단 엠페러를 향해 박수를 쳐줬다.

씨익.

"아직 마술은 끝나지 않았다, 주인."

"으, 응?"

내 박수 소리를 들으며 의미심장한 말과 함께 웃음을 지어 보인 엠페러는, 그야말로 이제부터 시작이라는 듯 허공에 대고 마술 봉을 요리조리 흔들기 시작했다.

그러자.

부웅!

붕!

허공에서 나타난 상자 가로 폭에 꼭 맞는 거대하고 넓적한 칼이 칼춤을 추기 시작했고, 그것은 단숨에 심해왕이 갇혀 있는 상자에 꽂히며 그의 몸을 3등분했다.

부릅!

자신의 몸에 칼이 들어오는 감촉이 느껴졌음인가, 부릅 뜬 심해왕의 눈이 꽤나 볼만했다.

"아직… 아직이다!"

마치 기합을 내뱉듯 크게 외치는 엠페러의 말에 따라 삼등분된 심해왕을 가둔 상자가 천천히 움직이기 시작했고, 마치 이 마술에는 아무런 속임수가 없다는 듯 한 바퀴를 빙글 돌아 반대쪽으로 튀어나온 칼을 확인시킨 상자가 돌연 세 개로 분할되었다.

철커덕!

"허억!"

"우와아아아!"

자신의 몸 중간 부분이 있어서는 안될 방향으로 빠져나가는 것에 경악성을 내뱉은 심해왕이 도저히 어찌해야 할지 모르겠다는 표정으로 당황해하자, 이를 보는 모든 이들이 환호성을 내질렀다.

황당한 방법이긴 했지만, 이로서 심해왕을 잡은 것이나 다름없었다.

"좋아! 완벽해, 엠페러! 끝장내 버려!"

"알겠다, 주인!"

시원하게 대답하는 엠페러의 말에 모두가 다음 마술 내

용을 기대했다.

새로운 칼이 나와 이번엔 머리를 쪼개는 것일까? 아니면 상자 안에 불이 솟구치며 심해왕이 사라져 버리는 것은 아닐까?

고된 싸움 끝에 이상한 쪽으로 머리가 잘 돌아가게 된 모두가 각자만의 마술을 떠올리며 두근두근하고 있을 때, 엠페러의 마무리가 시작되었다.

빙글.

다시 한번 돌아가는 상자. 이번에도 속임수는 없었다.

그리고.

철컥!

다시 원래 자리로 돌아와 꼭 맞게 된 상자의 모습에 모두의 눈이 휘둥그레졌을 때, 꽂혀 있던 칼이 튀어나오며 상자가 열렸다.

딸칵.

"……."

"……."

"……."

그 안에서 무언가 형용할 수 없는 감정을 눈으로 드러내는 심해왕이… 멀쩡히 걸어나왔다.

"따란!"

"뭐가 '따란' 이야! 저걸 왜 도로 붙여!"

"응? 원래 그런 마술이다, 주인. 저걸 안 붙여주면 어떻게 마술이 되겠는가? 그냥 살인 사건이지."

딴에는 맞는 말이긴 했지만, 이번에야말로 싸움이 끝났다고 생각한 입장에서는 분통 터지는 일이 아닐 수 없었다.

"네… 이노오오옴……."

"이번엔 네가 잘못했어."

"무슨 소리냐, 주인! 난 주인이 시킨 대로 착실하게……!"

굳이 목소리가 아니더라도 화가 났음을 알 수 있는 상황에서 나는 심해왕의 무시무시한 시선을 피하며 엠페러를 다그쳤지만, 이미 엎질러진 물이었다.

"반드시… 죽여 없애주마!"

지이이잉!

파사사삿!

"으아아악!"

어느새 다시 뽑아냈는지 새로운 검은 태양을 꺼내 든 심해왕은 예고도 없이 마구잡이로 레이저를 쏟아내기 시작했고, 나와 엠페러는 다시 레이저 피하기에 전념하는 수밖에 없었다.

"어쩔 수 없지! 일단 공간이동 마술로 옮겨 봐!"

"응? 주인, 여기 무너질까 봐 다른 마술 시킨 거 아니었나?"

"그걸 아는 놈이 떼었다 붙이는 마술을 하냐!"

콰아앙!

우리가 투닥거리는 사이, 심해왕의 감정에 따라 기술의 위력도 달라지는 것인지 아까보다 훨씬 굵어진 레이저가 뒤를 쫓기 시작했다. 그것을 본 엠페러도 군말 없이 레이저의 방향을 여기저기로 옮기기 시작했다.

물론……

"주인! 뒤 좀 봐라!"

"바보야! 내가 뒤를 보면 어떻게 도망쳐!"

"그게 아니라… 봐야 할 거 같다."

"뭔데 그래?"

엠페러의 설득에 도망치던 자세에서 고개를 슬쩍 돌려 본 나는 뒤에서 레이저를 뿜어대던 심해왕의 모습이 좀전과 많이 달라졌음을 느꼈다.

아니, 정확히는 달라진 게 심해왕의 모습뿐만은 아니었다.

"으응?"

"주인… 저거 좀 커진 거 같다."

"……."

조금이 아니라 많이 커진 거 같다만.

저게 대체 뭘까.

아까는 그저 작은 태양과 같다고 생각한 그것은 심해왕의 우람한 육체를 먹이로 그 크기를 마구 불려 나가고 있었다.

"저거… 마술 상자에 안 들어가겠지?"

"무리다, 주인. 그런 당연한 걸 물어보지 마라."

한 대 쥐어박고 싶어지는 말투로 핀잔을 주는 엠페러의 말을 뒤로한 채, 나는 원래 심해왕의 절반 크기로 줄어든 날씬한 심해왕을 보며 말했다.

"설마 자폭 같은 걸 하지는 않겠지?"

"그건 아닌 거 같은데……."

콰아앙!

심해왕이 들어 올린 데스 선의 위용에 감탄하는 것도 잠시, 다시 시작된 광선 공격에 정신없이 뛰어야만 했다.

"뭐야? 아까랑 같은 거 같은데?"

"저걸 봐라, 주인!"

"……!"

나를 향해 날아든 첫발을 시작으로, 데스 선에는 마치 가시가 돋은 것마냥 발사 준비가 된 검은 레이저의 줄기들이 사방을 향해 돋아나 있었다. 그것은 이내 심해왕의 맛이 가버린 시선을 따라 이곳에 있는 모두에게 조준됐다.

"…막아아아앗!"

"알겠다, 주인!"

쯔쾅! 쯔즈즈즈즈!

펑! 파앗!

…….

쏟아지는 검은 빛의 갈채, 그 앞을 가로 막는 검은 마술 상자의 향연!

그야말로 한편의 공연과도 같은 화려한 장관이 모두의 눈앞에 펼쳐졌다.

"괜찮은 거야?"

"……!"

부들부들!

순식간에 수십 개의 마술 상자를 소환해 낸 엠페러의 표정은 여유롭던 지금까지와는 달리 굉장히 창백해져 있었다. 모든 마술 상자들이 펑 소리와 함께 사라질 무렵에는 이미 입에 거품을 물고 있었다.

"엠페러!"

빠직!

꼴까닥.

부족한 능력으로 무리를 한 탓인지, 엠페러의 고개가

힘없이 넘어갔다. 동시에 무리한 사용 탓인지 잭 오칼롯의 마술 봉에서 파열음도 울려 퍼졌다.

"엠페러! 정신 차려!"

"주, 주인, 괜찮다. 아직은……."

다행히 정신을 잃을 정도는 아니었는지 금방 고개를 들었지만, 문제는 그게 아니었다.

"주인!"

"…이런 젠장!"

쯔파아앗!

아까 레이저 쇼의 첫 공격을 막아낸 것으로 우리를 조준한 레이저는 이미 소멸했다고 생각했는데 그것이 아니었나 보다.

오히려 가장 마지막에서야 발출된 레이저는 여태 본 어떤 것보다도 굵은 광선이었다. 이대로 도망치기 위해 뛴다고 한들 피할 수 있을 만한 범위가 아니었다.

"네놈들만은… 네놈들만으으으은!"

고오오오오!

이미 이성을 잃은 심해왕의 레이저가 코앞까지 도달한 상황, 엠페러가 다시 마술 봉을 쥐었지만… 이미 마술봉은 한계에 이른 상태였다.

파삭!

허무하게 먼지처럼 부서져 버린 마술봉.

마지막 희망이 사라졌음을 느낀 나와 엠페러의 시선이 마주쳤다.

하지만.

"제로오오오!"

"대로오오오!"

촤아아아악!

순식간에 우리의 앞을 가로막는 검은 장막.

그것은 꽤 멀리 떨어져 있던 벨라와 여주로부터 시작된, 방패의 변형 형태였다.

"이 방패 이런 것도 된다고!"

"이 바보 엘프가 마나만 안 모자랐어도 아마 더 빨리 도와줬을 텐데!"

아마도 이렇게 변형을 하는 데는 많은 마나를 필요로 하는 듯, 서로의 손을 꼭 마주 잡은 나여주와 벨라가 투 닥거리고 있었다.

"하하, 진짜 극적이네."

치이이이이!

레이저가 방패의 바깥 면을 때리는 소리를 들으며 허탈한 웃음을 내보인 내가 안도하는 사이, 방패의 변화를 눈치챈 엠페러가 다급히 나를 불렀다.

"주인!"

"응?"

티—디디디딕!

이것을 무엇이라 표현해야 옳을까.

재가 날린다? 파편이 튄다?

무엇에 비유하기는 어려웠지만, 하나만은 확실했다.

'사라진다!'

레이저에 맞은 벨라의 방패는 마치 장작불의 불씨가 튀어오르듯, 혹은 복잡한 기계가 작은 조각들로 분해되는 것처럼, 검은색의 각양각색 도트 덩어리가 되어 분해되고 있었다.

그것도 레이저의 맞은 부분만이 아닌 방패의 전체가 말이다.

"젠자아앙!"

저것을 보는 순간 깨달았다.

지금 이 레이저는 단순히 게임 내 구조물을 파괴하는 정도의 기술이 아니라고, 분명히 데이터부터 망가뜨려 나가는 것이라고 말이다.

'위험하다……!'

가속화된 분해 속에 이미 군데군데 구멍이 뚫린 방패 너머로 그 위를 때리고 있는 광선의 모습이 보였다.

'얼마나 더 버틸 수 있을까? 1초? 2초?'

도망치기 위해 재빨리 몸을 일으켜 달리기 시작했지만, 상황은 암담했다.

광선은 끝날 줄 모르고 계속됐으며, 처음부터 거리를 벌린 게 아닌 이상 이 광선은 심해왕의 시선을 따라 빠르게 따라올 터. 직접 몸을 움직여 뛰어야 하는 나에겐 크게 불리한 상황이었다.

"으아아아아!"

파창!

파아아앙!

늘어난 방패의 그림자에 몸을 숨기고 뛰고 있었지만, 얼마 안 가 방패가 분해되며 내 모습이 완전히 드러났다. 그런 내 뒤를 쫓는 레이저의 소리.

전력을 다했지만 이것을 피한다는 것은 무리였다.

"흐아아아아!"

파아아앗!

"주인!"

온 힘을 다해 엠페러를 던졌다.

저 스킬이 단순히 게임 캐릭터의 목숨을 빼앗는 것이 아니라, 진정한 의미의 죽음과 종말을 가져온다는 사실을 안 이상 엠페러를 역소환하거나 들고 있는 것은 엠페러를 세상에서 지우는 일과 같았다.

"도망가!"

"주인!"

"제로!"

"대로!"

이 광선에 대응하는 것은 불가능하다.

등 뒤의 밝은 빛의 여파로 순간 시야가 깜깜해졌다. 그런 내가 할 수 있는 건 나를 부르는 세 개의 호칭이 들려온 쪽을 향해 무조건 도망가라는 말을 외치는 것뿐.

우르르릉!

순간, 눈앞이 깜깜해졌다.

'망할 아부지, 이번엔 진짜로 따지러 갈 테니까……!'

그리고 가서 아버지를 보면 바로 괜찮다고 할 생각이었다. 이 상황을 누구보다 걱정스럽게 보고 있을 거란 생각에 그것 외에는 생각나지 않았다.

'화내는 건 그다음에 더 생각해 보자고.'

뜨거운 무언가가 몸을 덮치는 감각을 느끼며, 나는 눈을 감았다.

그리고.

"……."

"……."

우르릉!

쿠쿵! 쿠웅!

데이터가 말소된 캐릭터가 듣기에는 너무 생생한 소리가 귓가에 울려 퍼졌다.

이해할 수 없는 상황에 퍼뜩 눈을 떠 하늘을 보자, 거무죽죽한 보랏빛의 마계 하늘이 눈에 들어왔다. 그리고… 뜨거운 마계의 햇살도 함께…….

"이게 무슨…….”

내 몸을 감싼 뜨거움이 성이란 맵에 의해 단절되어 있던 외부의 열기라는 것을 깨달았을 때, 나는 망연자실한 표정의 심해왕을 확인할 수 있었다.

그리고 주변에 쏟아져 내리는 성의 잔해들도…….

"내 권능이…….”

성의 붕괴. 그로 인해 성의 밖에 서게 된 심해왕이 완전히 마왕으로서의 권능을 잃은 순간이었다.

순간, 고개를 돌려 엠페러를 보았다.

나와 시선이 마주친 엠페러가 아무 말 없이 고개를 끄덕였고, 벨라가 그런 엠페러를 주워 들어 나를 향해 던졌다. 벨라와 여주의 손은 아직도 꼭 맞잡은 상태였다.

"피니시 무브.”

투콰앙!

덥석!

천지개벽 발동의 첫 걸음.

그 강력한 반동으로 뛰어오르는 내 손에 엠페러가 부드럽게 안착했다. 팔과 허리를 꼿꼿이 세운 엠페러의 날개에 이전보다 날카롭고 차가운 기운이 감돌았다.

쿠콰아앙!

"제로 님!"

"저건……!"

부서져 떨어져 내리는 성의 잔해를 밟고 보다 높은 곳으로 뛰어오르는 천지개벽의 두 번째 발걸음에, 밑에서 아르덴과 렐로아의 비명과도 같은 환호가 들려왔다.

꽈아아앙!

"저게 그건가 보군."

"망할 물 속성만 아니었으면… 욕 좀 먹겠구만."

천지개벽의 세 번째 걸음이 아직 무너지지 않은 쪽의 천장을 박차자, 각자에게 어울리지 않을 만큼 침착한 제논의 목소리와 불퉁한 슈타인의 목소리가 들려왔다.

그리고.

파파파파파파파팡!

허공에 수많은 검은 선들이 생겨나기 시작했다.

마치 조금 전 심해왕이 뿜어내던 광선과도 같은… 하지

만 그보다 훨씬 날카롭고 재빠른 선이었다.

'검은 태양은 완전히 소멸했다!'

마왕성이 무너진 탓인지, 아니면 나에게 쏟아붓던 것이 최후의 일격과도 같은 것이었는지, 여전히 허탈한 모습으로 하늘을 올려다보는 심해왕의 모습은 오히려 장엄하기까지 한 모습이었다.

그러나 방심할 순 없었다.

파파파파파파!

검은 실선이 점차로 얇아지며, 얇아진 형태로도 심해왕의 주변을 충분히 감쌀 만큼 빼곡해졌다.

마치 이퀄라이저와 같은 형광빛 실선의 세계.

그곳에서 나는 심해왕의 곳곳을 살폈다.

거대한 꼬리, 물고기의 지느러미, 그 위를 덮은 촘촘한 비늘, 몸 곳곳에 물이 흐르는 상처, 깊게 패인 엘리멘탈 캐논의 흔적과 바이저스 길드의 합동 필살기의 흔적까지……

나는 마지막의 마지막까지 심해왕을 관찰하고 또 관찰했다.

단 한 치의 방심도 허용하지 않겠다.

우리에게 남은 마지막 천재일우의 기회.

선이 더욱 가늘어지고, 은빛의 실선이 되어버린 다른

시계(示界)의 세상에서 나는 남들과는 다른 독특한 시선으로 모든 것을 관조했다.

세상의 모든 것이 무채색으로 보이고, 모든 것이 흐릿한 모양새로 비춰질 쯤.

오히려 심해왕의 몸은 내 머릿속에서 보다 입체적으로, 가장 감각적으로 구체화되어 있었다.

지금의 나는 이 괴물의 몸을 누구보다 잘 알고 있었다.

"…끝이다."

파아앗!

스아아악!

면도날로 종이를 저미는 듯한 얇은 소리.

심해왕을 감싼 빛줄기를 관통한 또 다른 한 줄기 빛에서 흘러나온 소리였다.

그 소리를 기점으로 주변을 가득 메우던 빛의 실선이 점차 사그라들기 시작했다.

"……."

"……."

모두의 눈에 빛의 잔영이 아른거릴 때쯤.

심해왕이 입을 열었다.

"나…는……"

쩌억!

무엇을 말하고 싶었는지는 알 수 없었다. 입을 연 그 순간 그의 거대한 동체가 머리끝에서부터 반으로 쪼개져 버렸기에.

쿠구구구……!

"……."

거대한 동체가 무너지는 소리를 뒤로하고, 나는 눈을 감았다.

아무리 남들과는 특별한 몸을 가졌다고 하나, 이만한 일을 한 다음에는 본래의 시계에 익숙해지는 데 시간이 필요했다.

띠링!

〔완벽한 피니시 무브!〕
〔완벽한 '천지개벽'을 사용했습니다.〕
〔천지개벽에 추가 공격력이 부여됐습니다.〕
〔칭호 '마왕 살해자'를 획득하였습니다.〕
〔칭호 '필살의 완성자'를 획득하였습니다.〕
〔마왕을 실해한 당신께 세상의 모두가 찬사를 보냅니다.〕
〔마왕을 죽인 당신을 마계의 마왕들이 주시합니다.〕
〔남부 마계의 마왕 이하 모든 존재는 당신 앞에서 평등합니다.〕

〔레벨이 올랐습니다.〕

······.

감은 눈과 귀를 통해 뇌로 직접 전달되는 수많은 알림음.

나는 침착하게 그 모든 것이 지나가길 기다렸다가 느릿하게 눈을 떴다.

그러자.

덥석!

"제로! 흐아아아앙!"

"대로! 너······!"

"대로 님! 아니, 제로 님! 오늘도 완벽했습니다!"

"이 멍청한 오빠야! 분위기 파악 좀 해!"

"완벽했다. 그리고 강력하군······. 언제 한번 기회가 되면 싸워보고 싶어."

"너 우리 길드 들어오지 않을래? 너라면 우리 길드원들도 다들 좋아할 거 같은데······!"

"제논, 너도 분위기 파악 좀 해라."

"젠장! 가장 멋있는 장면을 뺏기다니! 블루, 그린! 미안하다······!"

"어머, 저 펭귄 더 늠름해진 거 같네. 귀여워라!"

왁자지껄!

시끌벅적!

시장통이 된 것마냥 내 주변으로 모여든 이들이 온통 각자 하고 싶은 말을 쏟아냈다.

얼굴도 본 적 없는 바이저스 길드원들은 물론, 분위기에 휩쓸린 다크엘프 전사들까지 모여들어 서로 얼싸안고 환호성을 내질렀다.

그리고… 조금 떨어진 곳에서 이를 지켜보던 소성진이 작게 중얼거렸다.

"씨, 겁나 멋있네! 염병할 주인공 놈 같으니라고……!"

분통을 터뜨리는 소성진의 입가에 작은 웃음이 걸렸다.

콰앙!

"됐어!"

"와아아아아아!"

우와아아아아악!

소란이 일어난 것은 게임 속만이 아니었다.

이 모든 과정을 생중계로 지켜보고 있던 세계의 곳곳에서 일어난 일이었고, 그중 가장 큰 소란이 인 곳은 당연히도 가장 마음을 졸이고 있던 글로리아 컴퍼니 운영 개발 팀의 사무실이었다.

"부장님! 우리 꼬맹이가, 우리 꼬맹이가아아아!"

"흐어어엉!"

"나도 알어! 안다고! 망할 아들내미 같으니라고!"

누구보다 '데스 선'의 위력을 잘 알고, 심해왕의 힘을 잘 알았기에 감히 이런 역전극을 상상도 하지 못했던 그들이었다.

그렇기에 그들에게 있어 방금 전의 드라마는 어느 때보다도 감명이 깊었다.

따르르릉!

"훌쩍, 여보세요?"

"크흥! 예, 운영 개발 팀입니다."

그런 그들의 감동이 채 가시기도 전, 사무실 내의 전화들은 물론 각 직원의 개인 휴대폰으로 전화가 쏟아지기 시작했다.

내용의 대부분은 이번 방송 내용과 관련한 질문 공세나 후속 방송에 관한 것, 혹은 이것을 사업적으로 엮기 위한 각종 회사의 마케팅 부서의 청탁 전화들이었다. 개중에는 대충 이름이나 아는 친구의 친구, 그리고 그 친구의 회사 상사 부탁으로 전화를 받은 직원이 있을 정도였다.

이 난장판에 가까운 전화통을 보며 자신의 자리에 놓인

수화기를 과감히 아무데나 던져놓은 박중혁 부장은 초토화된 사무실을 보며 크게 외쳤다.

"좋아! 일하자!"

"예⋯⋯."

조금 전까지 울고 있었기 때문인지, 아니면 부장님의 일하자는 선언 때문인지, 한결 침체된 분위기의 사무실이었다. 상석에서 이를 만족스럽게 내려다보던 박중혁 부장은 때마침 자신의 개인 핸드폰에 걸려오는 전화를 보면서 인상을 찌푸렸다.

'누가⋯⋯.'

리버스 라이프의 오픈 이후 너무 많은 청탁 전화에 시달린 그였기에 일찍이 전화번호도 바꾸고, 완벽에 가까운 정보 통제를 하고 있던 그였다.

그런 그의 핸드폰에 저장된 이들은 다들 이런 일과는 관련이 없는 친한 친구나 친인척, 가족들뿐이었다. 그런 이들은 모두 박중혁 부장의 성격을 잘 알기에 이런 일로 전화를 할 리가 없었다.

'최소한 내가 아는 인물은 아닌가?'

그런 그의 생각을 틀리지 않았다고 확인이라도 시켜주듯, 화면에 떠오른 번호는 아예 처음 보는 번호일 뿐 아니라, 추적이 힘든 인터넷 전화였다.

순간 이를 통해 지금 전화를 걸어온 인물이 일반적인 인물이 아님을 느낀 박중혁 부장이 조심스레 전화를 받았다.

"…여보세요."

"……."

휴대폰에 귀를 갖다 댄 박중혁 부장은 그 안에서 흘러나오는 소리를 묵묵히 듣고 있었고, 시간이 지남에 따라 시시각각 표정이 변하는가 싶더니, 이내 어느 때보다도 딱딱한 얼굴을 하고 전화를 끊었다.

그리고.

콰작!

깜짝!

갑작스레 변한 박중혁 부장의 분위기에 사무실 내부가 싸늘해지자, 박중혁 부장이 그를 주목하는 이들을 향해 말했다.

"방금 나한테 온 전화… 어디서 걸려온 건지 분석 한번 해 봐."

"에, 그거 불법 아닌가요……?"

"상관없어."

"그런 거 엄청 힘든데……."

"니들 그런 거 잘하는 거 알아! 특히 너! 저번에 헤어진 여자친구 새로운 남친 신상 털다 나한테 걸렸잖아!"

"부, 부장님!"

모두가 처음 듣는 이야기라는 듯 박중혁 부장에게 지목당한 직원을 게슴츠레한 눈으로 보는 사이, 박중혁 부장이 박살 난 핸드폰을 들어 보이며 말했다.

"방금 나한테 전화를 건 놈이… 니들 꼬맹이를 협박했다. 전력을 다해서 찾아!"

"…옛!"

박중혁 부장의 입에서 꼬맹이와 연관된 일이라는 말에 모두의 눈빛이 달라졌다. 직원들 모두가 진지한 표정으로 각자의 컴퓨터와 씨름하는 것을 확인하며, 마찬가지로 자신의 자리에 앉은 박중혁 부장의 눈이 스산하게 빛났다.

'어떻게 알아냈는지는 모르겠다만… 내 아들을 괴롭히면 쉽게는 안 끝날 거다……!'

타다다닥!

키보드를 두드리는 그의 손이 어느 때보다 날카로운 소리를 냈다.

외전

잡다한 이야기

아침밥보다는 아침잠

심해왕을 잡고 시작된 아침.

상쾌한 기분으로 접속기를 빠져나온 나는 즐거운 마음으로 아침 식사거리를 찾아 나섰다.

"흥흥흥~ 뭘 먹을까나~"

최근의 골칫거리를 단숨에 모두 해결한 기념비적인 날이니만큼 기왕이면 맛있는 만찬을 먹고 싶었다.

"음… 배달시켜 먹고 싶은데."

이런 날 만찬이랍시고 직접 밥을 차려먹는 것도 궁상스럽고, 애당초 너무 피곤한 탓에 빨리 밥을 먹고 쉬고 싶은 마음이 굴뚝같았다.

하지만 평일 아침부터 문을 여는 배달 음식점이라곤 한정적일 수밖에 없었고, 한참 광고지를 뒤적이던 나는 결국 두 손을 들었다.

"응?"

뭔가 이상하다.

'방금 생각한 내용에 함정이 있는 기분인데……'

마음이 들뜬 탓인지, 잘은 모르겠지만 무언가 조금 전의 고민 속에 나를 불편하게 하는 내용이 있었던 기분이 들었다.

"아, 모르겠다! 일단 잠이나 좀 자볼까?"

그렇게 말하며 아직도 할부일이 남은 나름 고가의 소파에 몸을 뉘이는 순간.

굿모닝, 뚜뚜뚠!

빠-빠빠, 빠-빠, 빠-빠-빠빰!

굿모닝!

"아, 이놈의 알람……"

경쾌한 알람 소리에 몸을 일으킨 나는 순간 핸드폰 액정에 써 있는 글자에 몸이 굳을 수밖에 없었다.

"와씨, 망했네."

오늘은 평일이었다.

◈   ◈   ◈

웅성웅성.

"와, 봤냐?"

"쩐다니까."

"졸려 죽겠다. 그래도 재밌었어."

사립 명문 동해고의 아침.

오늘의 동해고 학생들은 평소와 달리 유달리 들떠 있었다.

나름 명문임을 자부하며 있는 집의 좋은 교육을 받고 자란 아이들답게 평소의 그들은 쉬는 시간이 되어도 그다지 소란스럽지 않고 경박한 어투는 잘 사용하지 않았다.

히지만 오늘은 달랐다. 그들은 어느 때보다도 시끄럽게 저마다의 대화를 하고 있었다.

한 사람이 교실에 나타나기 전까지 말이다.

드르륵!

"……."

"……."

'뭐야? 갑자기 왜 이렇게 조용해져?'

졸린 몸을 이끌고 아슬아슬하게 지각을 피해 교실 문을 열고 들어온 나는, 내가 들어오기 직전까지 소란스럽던 교실이 입장과 동시에 조용해지자 혹시 내 뒤로 나여주가 따라 들어온 것은 아닐까 싶어 뒤를 돌아봐야만 했다.

'…없네?'

내 뒤는 물론 아직 학교에도 오지 않은 듯 텅 비어 있는 자리를 보며, 나도 모르게 고개를 끄덕였다.

'게임하고 싶어서 학교를 빼먹을 생각으로 약혼식까지 여는 애가 이런 날 학교에 올 리가 없지.'

아마도 지금쯤 학교 걱정 따윈 없이 편안히 침대에 드러누워 있을 터였다.

'어쩐지 오늘따라 더 주목을 받는 기분인데……'

평소에도 나여주와 어울리는 과정에서 이런저런 오해의 시선들을 받긴 했지만 오늘따라 그 정도가 유달리 심했다.

특히나 평소에는 나여주가 있을 때만 조용하고, 없으면 나 정도는 신경 쓰지 않고 이런저런 말을 하던 반 아이들이 나를 보며 속닥거리고 있음을 깨달았을 때는 오한이 들 정도였다.

'뭐야? 다들 왜 이래?'

정체불명의 주목을 받으며 불안에 떠는 나였지만, 그런 와중에도 내 육체는 정직하게 자신의 상태를 알렸다.

꼬르르르륵!

"…크흠."

교실의 적막을 깨우는 맑고 우렁찬 소리.

사람의 몸속에서 울려 퍼진 소리라기보다는 한 마리의 맹수의 울부짖음과도 같은 소리에 나는 민망한 나머지 헛기침을 하였다.

그 순간.

스윽.

"……?"

"이거 먹어."

난데없이 내 책상 위로 올라온 쿠키가 담긴 작은 봉지와 그것을 잡고 있는 하얗고 작은 손은, 분명 낯설었다. 즉 이 손의 주인이 나와는 전혀 면식이 없음을 알려주고 있었다.

'뭐야? 이게 뭐지? 암살 기도? 뭔가 다른 목적이 있나? 나한테 잘 보여서 얻을 게 있다고 생각하는 건가?'

순간 내 머릿속으로 내가 쿠키를 먹으려고 할 때 등장한 나여주가 이 쿠키를 뺏어먹고, 그 안에 들어 있는 독으로 나여주가 암살당한다는 황당무계한 상상력이 가미되었을 무렵이었다.

책상 위로 또 다른 손이 올라왔다.

"이거… 수업 시간에 먹으려고 가져온 건데……."

그렇게 서두를 떼며 말을 시작한 녀석 역시 학교에서 자리에 앉아 뒷통수밖에 본 적이 없는 인물로, 어쩐지 굉장히 흥미진진한 얼굴을 하고 나에게 친한 척을 하고 있었다.

뿐만 아니라……

"배 많이 고픈 거야? 우리 요리사를 부를까?"

"출장 뷔페 좋아해? 우리 아버지 사업 중에 하나거든. 아마 지금 부르면……"

웅성웅성.

왁자지껄.

어째선지 모두들 나에게 친근하게 굴려고 들고, 반의 여러 여자아이들이 뜻 모를 홍조를 띠고 있음을 발견했을 때. 나는 상황이 심상치 않음을 눈치챘다.

"어… 어어……"

내가 그들의 수많은 말에 당황해 어버버거리고 있을 때, 교실의 뒷문이 힘차게 열리며 또 다른 지각자가 나타났다.

움찔!

지금 이 시간에 당당하게 교실 문을 열고 들어올 수 있는 사람은 극히 적다는 것을 알고 있는 반의 모두가 몸을 움찔거렸다.

하지만 이내 문을 통해 나타난 인물이 이 반의 가장 약소 세력인 소성진임을 알고, 금세 다시 와자지껄한 분위기로 돌아갔다.

그러나 오늘의 소성진은 평소의 쭈구리가 아니었다.

쿠웅!

"…이게 뭐야?"

"밥!"

씨익.

내 앞에 보자기로 바리바리 싸 들고 온 4단 도시락 통을 내려놓은 소성진은 당당한 모습으로 주변에 놓여진 쿠키들 따위를 싹… 밀어버리진 못하고 슬쩍 한곳에 모아 내 가방에 담아주었다.

그러고는 당연하다는 듯, 자신의 책상을 끌고와 자리에 앉으며 말했다.

"오늘 새벽엔 고생했어. 아침 못 먹고 나왔지? 그럴까 봐 미리 준비해 뒀지!"

"……."

순식간에 풀려 나오는 4단 도시락에는 화려하다는 말밖에는 어울리지 않는 각종 고급진 반찬들이 가득했다.

이 순간을 위해 따듯하게 품어왔다는 듯 옷 안쪽에서 보온병을 꺼낸 소성진이 뚜껑에 향긋한 차 한 잔을 따르며 말했다.

"일단 따듯한 걸로 준비해 놨는데 어때? 찬 거는 따로 아이스 박스에 넣어놨어. 필요하면 말해, 바로 갖다 줄 테니까."

"어… 그러니까 이게 말이지……."

아직 상황을 채 이해하지 못한 내가 당황스러운 표정으로 도움이 될 만한 것을 찾아 교실의 복도 쪽 창가를 보았을 때……

우글우글.

"커헉!"

"응? 왜 그래! 물 줄까?! 물?"

어째서인지 체통도 잊고 창문에 다닥다닥 붙어 있는 수많은 학생들이 도시락을 앞에 둔 나를 바라보고 있었다.

마치 내가 밥풀 하나를 주워먹는 것조차 놓치고 싶지 않다는 듯, 모두의 눈이 새파란 광채를 띠고 있었다.

결국 이러지도 저러지도 못한 내가 소성진이 억지로 쥐어준 수저를 들고 도시락의 첫술을 뜨는 순간, 모여든 학생들로부터 작은 환호가 들려왔다.

'이… 이게 대체 뭐야!'

밥이 입으로 넘어가는지 코로 넘어가는지 모를 만큼 불편한 식사를 하며 주변의 눈치를 살피던 나는 문득 시간이 됐음을 깨닫고 조금 편안한 마음이 되었다.

'이제 곧 수업시간이니 선생님이……!'

드르륵!

그런 생각이 채 끝나기도 전, 시원한 문 여는 소리와 함께 교실에 등장한 선생님은 내 주변에 몰려든 반 아이들과 창문 너머로 다닥다닥 보이는 다른 반, 다른 학년 학생들을 보더니 이렇게 말했다.

"아, 대로 군. 식사 중이었나요? 편하게 먹어요. 저는 잠시… 회의 좀 다녀올게요."

'오늘 회의 없으니까 수업하러 온 거잖아!'

나의 소리 없는 외침과는 별개로 그렇게 말하는 선생님의 눈은 유달리 빨갛게 부어 있었지만, 어째선지 나를 보는 두 눈만은 초롱초롱하기 그지없었다.

심지어.

"…선생님?"

"응? 응응? 불렀니?"

회의를 간다던 선생님이 앞문에 달라붙어 문에 달린 창문으로 나를 지켜보고 있는 것이 보였다. 부르니 강아지마냥 달려와 내 앞에 선다.

"…아무것도 아닙니다."

"그래……."

시무룩함이 느껴지는 뒷모습으로 다시 앞문을 향해 걸

어가는 그녀였지만, 돌아서서 창문을 통해 나와 눈이 마주 쳤을 때는 다시 본래의 초롱초롱한 눈이 되어 있었다.

결국 나는 이 상황의 이해를 포기하고 속으로 단 한 사 람을 찾을 수밖에 없었다.

'여주! 나여주! 대체 뭐 하는 거야! 빨리 와서 도와줘어 어!'

소리 없는 처절한 절규가 공포로 물든 마음속에 메아리 쳤다.

학교에서 대로가 고통받으며 나여주를 부르짖던 그 시 각. 나여주의 저택에서는……

"흐음, 음냐아…….'

벅벅.

"앗! 아가씨! 배 내놓고 주무시면 안 된다니까요!"

알록달록한 오늘의 팬티를 마음껏 뽐내며 침대에 늘어 져 있는 나여주를 제자리에 눕힌 그녀의 전속 도우미가 깊 은 한숨을 쉬었다.

"어휴, 정말. 이래서 시집이나 가실는지."

철컥.

그 말을 끝으로 도우미가 방을 나가자, 방 안에는 적막이 가득했다.

완전 숙면을 보장하는 두터운 커튼이 상큼한 아침 햇살이 잠을 방해하지 못하도록 완벽하게 세상과 단절시키고 있었고, 자유분방한 성격처럼 사방으로 풍성한 레이스 장식이 달린 침대는 그녀의 잠을 도왔다.

그녀의 얼굴에 부드러운 미소가 깃들고, 편안한 잠이 시작되려는 찰나……!

"으… 으음……. 베, 벨라……. 거긴 안 돼, 그만……. 아……."

나여주의 고통스러운 잠꼬대가 고요한 방에 메아리쳤다.

그리고.

"으… 으음……. 살살……."

의미를 알 수 없는 잠꼬대와 함께 아까와는 명백히 다른 미소를 지으며 그녀는 그렇게 숙면에 빠져들었다.

"일단 진짜 부모들과 접선하도록."

"예, 하지만 그쪽에서 반길지 모르겠습니다. 벌써 수년이나 실종 상태로 두고 전혀 찾아다니지 않던 자들인데."

"호오, 내 말에 반박할 줄도 알다니. 자네도 꽤 많이 컸군."

흠칫!

"죄, 죄송합니다."

자신 앞에 곧장 고개를 숙이는 정훈을 보며, 나대주가 씨익 웃어 보였다.

"뭐 비난하려는 생각은 아니야. 성장한다는건 좋은 거지. 인간은 변화하기에 가치가 있는 것 아닌가."

"…감사합니다."

나대주가 자신을 용서했음을 깨달은 정훈이 잠시 고민을 거쳐 인사를 하자 나대주가 말을 이어나갔다.

"뭐, 처음에는 별로 반기지 않을지도 모르지만… 아마 몸값이 엄청 올랐다고 하면… 분명 수락할 거야. 그 인간들은 그런 부류였으니까 말이지."

"예, 알겠습니다."

그 말을 끝으로 자신의 사무실에서 나가는 정훈의 뒷모습을 보며 나대주가 중얼거렸다.

"조금 껄끄럽긴 하지만… 이 방법이 가장 좋겠지."

스윽.

그는 책상에 놓인 나여주와의 가족사진을 쓰다듬으며 다시 한번 중얼거렸다.

"전부 너를 위해서란다, 딸아."

그렇게 말하는 나대주의 입가엔 씁쓸한 미소가 감돌고 있었다.

〈『멋대로 라이프』 제8권에서 계속〉